Annemarie Schäfer

Ich bade noch das Mufflon

Glossen aus dem ganz normalen Alltag

AF609135

Annemarie Schäfer

ICH BADE NOCH DAS MUFFLON

Glossen aus dem ganz normalen Alltag

Edition Noëma

Bibliografische Information der Deutschen Nationalbibliothek
Die Deutsche Nationalbibliothek verzeichnet diese Publikation in der Deutschen Nationalbibliografie; detaillierte bibliografische Daten sind im Internet über http://dnb.d-nb.de abrufbar.

Bibliographic information published by the Deutsche Nationalbibliothek
Die Deutsche Nationalbibliothek lists this publication in the Deutsche Nationalbibliografie; detailed bibliographic data are available in the Internet at http://dnb.d-nb.de.

Coverabbildung: Dagmar Bennecke

ISBN-13: 978-3-89821-918-1
Zweite, bearbeitete Auflage
Edition Noëma
© *ibidem*-Verlag, Stuttgart 2020
Alle Rechte vorbehalten

Das Werk einschließlich aller seiner Teile ist urheberrechtlich geschützt. Jede Verwertung außerhalb der engen Grenzen des Urheberrechtsgesetzes ist ohne Zustimmung des Verlages unzulässig und strafbar. Dies gilt insbesondere für Vervielfältigungen, Übersetzungen, Mikroverfilmungen und elektronische Speicherformen sowie die Einspeicherung und Verarbeitung in elektronischen Systemen.

All rights reserved. No part of this publication may be reproduced, stored in or introduced into a retrieval system, or transmitted, in any form, or by any means (electronical, mechanical, photocopying, recording or otherwise) without the prior written permission of the publisher. Any person who does any unauthorized act in relation to this publication may be liable to criminal prosecution and civil claims for damages.

Printed in the EU

Inhaltsverzeichnis

Garantiezeiten

Früher war nicht alles besser, wirklich nicht, ich erinnere mich viel zu gut, um einen solchen Schwachsinn zu behaupten.

Aber manche Sachen waren es eben doch, das kann ich beweisen, Haartrockner zum Beispiel!

Unser Föhn - ein Markengerät, nebenbei gesagt - ist schon wieder kaputt! Dabei war er nicht alt, ist nicht runtergefallen, er wurde pfleglich behandelt wie seine Vorgänger auch. Und trotzdem, er hat - wie die anderen - seinen Geist, seinen windigen, nach viel zu kurzer Zeit aufgegeben, genauer: kurz nach Ablauf der Garantiezeit, also des Zeitraumes, innerhalb dessen wir ihn bei Kaputtgehen vom Hersteller ersetzt bekommen hätten.

Gestern Morgen trocknete ich mein Haar, dachte dabei ein wenig nach, auf jeden Fall an nichts Böses, da knallte es plötzlich, eine Stichflamme schoss aus dem Föhn, ich warf ihn mit einem Schrei von mir und alle Lampen im Stockwerk erloschen.

Der Liebste war nicht daheim, es hätte also nichts gebracht, zitternd im Badezimmer zu verharren. Deshalb zog ich das kaputte Teil vom Netz, machte mich auf die Suche nach dem Sicherungskasten, fand ihn auch, drückte die rausgesprungene Sicherung wieder rein und alle Lichter gingen an. Dann nahm ich den Reiseföhn und trocknete mein Haar.

Aber der Anlass gab mir zu denken, denn: Vor Zeiten besaß ich einen Föhn, der anscheinend unzerstörbar war - und ist. Zufällig ist es ein Gerät derselben Marke wie mein letzter Flammenwerfer hier, nur liegt sein Erwerb mindestens ein Vierteljahrhundert zurück. Diesen altgedienten Föhn also gab ich der Tochter ins Studium mit, kaufte mir einen neuen, der ging kaputt, kaufte mir wieder einen neuen, der ging kaputt …

Die Tochter hat inzwischen selbst eine Tochter und immer noch den alten Föhn von Muttern, der tut es noch prima.

Manchmal muss man sich wirklich bemühen, nicht bitter zu werden.

Verschwiegenheiten

Wenn die Erde nur von Frauen bevölkert wäre, gäbe es mit Sicherheit viel weniger technischen Schnickschnack. Die meisten Frauen lassen sich nicht auf dieselbe Art verlocken wie Männer; sie verfahren eher nach dem Prinzip *never change a running system,* vertrauen auf Bewährtes, bekommen nicht bei jeder Neuerung glänzende Augen und es dauert sehr viel länger, bevor sie sich entschließen, ein vertrautes Gerät durch ein technisch neueres, komplizierteres und natürlich auch vielseitigeres, weil weiterentwickelt, zu ersetzen.

Mein ganz persönlicher Homo ludens hat seine neue Digitalkamera gesucht. Ich hatte sie gesehen, vor dem Beifahrersitz, auf dem ich ja notgedrungen fast immer Platz nehme. Sie lag sozusagen zu meinen Füßen. Kurz überlegte ich, wieso, beschloss dann jedoch, nicht nachzufragen – ging mich ja nichts an.

Wir fuhren zum Kaffee zu Freunden, kehrten zurück, taten die Freizeit- und Arbeitsgewänder, sprich: Jogger, an und gingen jeder seiner Beschäftigung nach. Und irgendwann wurde der Liebste äußerst unruhig, schien rastlos, getrieben irgendwie, ein Suchender …

Zweimal verließ er das Haus, ich hörte die Garagentür.

Endlich, nach dem zweiten Mal, wurde es ruhig. Ich holte mir Tee, traf den Mann in der Küche. Er wirkte erleichtert, locker, aber irgendwie erschöpft. Auf meinen fragenden Blick hin erzählte er, er hätte die Digitalkamera gesucht, die ganze Zeit.

Warum er mich nicht gefragt habe, wollte ich wissen, ich hätte sie gesehen. Im Auto vor dem Beifahrersitz habe sie auf dem Boden gelegen.

Der Blick des Liebsten wurde etwas trübe. Diese Suche hätte ihn Tage seines Lebens gekostet, behauptete er. Und fragen habe er mich nicht können, denn was ich eventuell gesagt haben würde, hätte er nicht hören wollen, das hätte ihn dann noch zusätzlich belastet.

Ich musste lachen, er auch. Aber ich hatte doch tatsächlich das Gefühl, er würde mich verdächtigen, absichtlich geschwiegen zu haben.

Absurd!

Aus dem Keller geplaudert

Das Haus, in dem wir leben, ist ein altes, eines, in dem geliebt, geboren, gelebt und auch gestorben wurde. Zu Anfang des letzten Jahrhunderts gebaut und etliche Male verändert, hat es doch seinen verwinkelten Charme bewahrt, wenn auch der Liebste, vertraut mit dem Haus von Geburt an, bei Beobachtung einiger Schwachstellen gelegentlich Sorgenfalten bekommt, so auch vor Zeiten bei einer Kellerbegehung.

Da stocherte er im Mauerwerk herum, es rieselte irgendwie, er runzelte die Stirn.

„Siehst du das?“, fragte er.

Ich nickte.

„Es rieselt“, sagte er, Düsternis im Blick. „Zu viel Sand im Beton. Das muss alles erneuert werden.“

Ich nickte verständnisinnig.

„Das mache ich selbst“, sagte der Mann, der eigentlich eher ein Schreibtischmensch ist, aber mit sehr viel praktischer Begabung. „Sobald ich Zeit habe, mache ich mich daran.“

„Können wir das?“, fragte ich, was hieß: Kannst du das?

„Klar“, sagte er. „Das wäre ja viel zu teuer, wenn wir dafür Handwerker holen würden.“

Und dann gingen wir nach oben und dachten nicht mehr dauernd an den Keller. Doch jedes Mal, wenn wir die Waschmaschine, Werkzeug oder Katzenfutter brauchten – also eigentlich täglich, hatten wir das Mauerwerk vor Augen und der Liebste sagte oft, er müsse unbedingt den Keller in Ordnung bringen, es werde jetzt wirklich hohe Zeit und nächste Woche wolle er sich aber nun endgültig darum kümmern.

Die Zeit verging. Inzwischen gewöhnte ich mich an den Keller.

Er ist geräumig, kühl und luftig, kein bisschen muffig wie viele andere. Unterteilt ist er nicht in einzelne Räume mit Türen, sondern mit Bogendurchgängen, irgendwie gewölbig, sehr hübsch, aber ein wenig niedrig, weil vor Jahrzehnten wegen des Grundwassers einmal der Boden aufgeschüttet wurde. Also, ich kann gut stehen, muss mich nur in den Durchgängen ein wenig ducken. Aber der Liebste, größer als ich, sieht aus wie eine Giraffe beim Trinken, wenn er etwas im Keller zu tun hat.

Trotzdem nahm er eines Tages die Sache in Angriff.

Eigentlich war es ein Tag wie jeder andere, aber der Mann wachte schon mit Tatendrang auf, redete mir eine Menge von Mörtel, Putz und Farbe in mein verschlafenes Hirn, entwarf bereits im Bad vor mir seine Vision eines hellen, blitzsauberen, absolut spinnenfreien Kellers mit Mauerwerk zum Träumen und fuhr gleich nach dem Frühstück zum Baumarkt.

Mit schwer beladenem Auto und immer noch voll Elan kehrte er zurück und begab sich sofort in den Keller. Ich trug ihm eine alte Jeans und ein ausrangiertes Hemd hinunter und ein wenig unwillig ob der Zeitverzögerung durch so etwas Profanes wie Kleidung zog er sich um – kurz: Er war nicht zu halten, es trug ihn davon.

Tagelang, systematisch, Teilstück für Teilstück, bearbeitete er in teils ziemlich unbequemer Körperhaltung die Kellerwände, holte den alten Mörtel raus, dichtete die Fugen neu ab und verpasste den Wänden mit einer speziellen, von ihm spontan entwickelten Spachteltechnik einen neuen Putz, traumschön, besonders wenn er dann auch noch einen weißen Anstrich bekommen hatte. Ich war begeistert, kümmerte mich um alles andere und kochte leckere, aber leichte Kost - nichts sollte den Liebsten in seinem Schaffensdrang beschweren.

Und dann hörte er auf.

Seine Aktivität endete so unvermittelt, wie sie begonnen hatte, und das kurz vor Schluss, vor der Vollendung - etwa drei Quadratmeter sind noch im Urzustand und gucken mich jedes Mal vorwurfsvoll an, wenn ich in den Keller gehe, aber offenbar nur mich.

Immer wieder lasse ich subtile Andeutungen fallen, zum Beispiel: „Wir [!] müssten den Keller mal fertigmachen" oder: „Übrigens, was den Keller betrifft, sagst du auch „Gebt mir vier Jahre Zeit", nicht wahr?" oder ähnliches. Aber an dem Liebsten prallt das alles ab, nein, eigentlich prallt es nicht ab, es geht durch ihn hindurch, er ist irgendwie porös, wird zur Membran, jedenfalls, was meine Versuche, ihn wieder an die Kellerwand zu bekommen, betrifft.

Aber das, was er gemacht hat, ist toll geworden.

Al dente

Nudeln machen fröhlich, das ist bewiesen. Ich liebe Nudeln und ich mag sie gern mit etwas Biss, was mir auch gut gelingt beim Kochen, schließlich mache ich das schon einige Jahre. Nicht dass meine Tochter und ihr Mann, die mich am letzten Geburtstag mit einer etwas merkwürdigen Gabe bedacht haben, das nicht wüssten, aber ich nehme einfach mal an, sie wollten mir eine Freude machen, mein Leben erleichtern, vielleicht auch mich erheitern oder so.

Entsprechend habe ich mich auch innig bedankt, nachdem ich sie ausgewickelt hatte: eine Tüte italienischer Nudeln und eine runde Dose, etwa fünfzehn Zentimeter hoch, Durchmesser ungefähr sechs Zentimeter, auf ihr abgebildet ein in einer offenbar gebrauchten, zerbeulten Tonne bis zu den Knien einzementierter Mafioso, unschwer zu erkennen nicht nur an eben dieser Einzementierung, sondern auch an der breitschultrigen, etwas gedrungenen Figur im gestreiften Anzug, der großen Sonnenbrille und dem Vierzigerjahre-Hut. Trotz seiner doch ziemlich desolaten Situation wirkt er sehr gefasst, strahlt gewissermaßen so eine stoische Grundeinstellung aus, als wolle er sagen: „Na gut, so isses nu mal, dann schmeißt mich schon rein." Sein Gesichtsausdruck ist nur etwas verdrießlich, ich kann es ihm nicht verdenken.

Unterhalb der Tonne steht in Großbuchstaben auf der Dose AL DENTE und darunter die Produktbeschreibung *Der Noodle-Timer zum Mitkochen – für Nudeln mit Biss.*

Unter strenger Kontrolle meiner Mimik öffnete ich die Dose und entnahm ihr einen knallroten Plastikmafioso, etwa fünfzehn Zentimeter hoch, analog dem Abbild außen. Auf seiner beigefügten Bedienungsanleitung sprach er mich direkt an: In Ich-Form geschrieben und durchaus liebenswürdig im Ton wurde mir mitgeteilt, dass der Typ drei verschiedene Melodien von sich geben könne. Werfe man ihn mit den Nudeln ins kochende Wasser, schmettere er nach sieben Minuten den Triumphmarsch aus „Aida", nach neun Minuten den Gefangenenchor aus „Nabucco" und nach elf Minuten La donna è mobile aus „Rigoletto", Letzteres gleich fünf Mal. Ich musste sofort einen Topf mit Wasser aufsetzen und ihn ausprobieren - es funktioniert.

Seither spielt das Enkelkind mit ihm. Ich werde mir nie merken können, welche seiner Melodien für welche Nudelbissstärke gilt, und bis ich jedes Mal nachgelesen habe, sind die Nudeln versaut. Auch war die empfohlene Kochzeit der beigefügten Nudeln auf fünf Minuten beschränkt, das enthob mich der Verpflichtung, wenigstens diese geschenkgemäß zu garen.

Und außerdem bringe ich es nicht mehr fertig, ihn in das kochende Wasser zu werfen - einmal ist genug, er hat mir nichts getan.

Jetzt frage ich mich nur noch: Hatten die Kinder einen tieferen Grund für dieses Geschenk? Vielleicht hat ihnen mein Essen ja nie wirklich geschmeckt? Ich muss zugeben, ich bin angegriffen, wie wohl jeder wäre, der es mit der Mafia zu tun bekommt.

Auch dass das Enkelkind mit dem feuerroten Plastikmann in der Tonne spielt, weckt meine Besorgnis wegen frühkindlicher Prägung und so.

Kurz, ich wünschte, sie hätten mich lieber zum Essen eingeladen. Ich kenne da ein gutes italienisches Restaurant ...

Datenschutz

Wir sind gläserne Menschen, der Liebste und ich. Das wird uns immer wieder klar, wenn wir den Briefkasten öffnen; wir werden mit Werbung zugemüllt, vorwiegend mit solcher, die eindeutig unser Kaufverhalten spiegelt. Das Stärkste ist die umfangreiche, edel auf Hochglanz gestylte Werbung für Golfartikel, die sich öfter in unserem Briefkasten findet, seit ich ein Geschenk aus diesem Bereich benötigte und die Zahlung mit Karte vornahm. Ich könnte jede Menge weiterer Beispiele bringen, die zeigen, dass überall, wo wir Spuren hinterlassen, unsere Namen, Anschrift und Vorlieben gespeichert und weitergegeben werden. Und doch scheint das Thema „Datenschutz" nicht völlig außen vor zu sein.

Vor Zeiten ist uns ein Kater zugelaufen, wie es so schön heißt, ein ungewöhnlich großer, ungewöhnlich dominanter Typ, offenbar ein Maine-Coon-Mischling.

Nun wird hier niemand abgewiesen, andererseits wohnen schon genug Sozialfälle bei uns; wir versuchen natürlich, jeden wieder nach Hause zu bringen, so er denn ein Zuhause hat.

Vom Tierheim erfuhren wir, dass jemand mit solch einer speziellen Fellzeichnung und ebenfalls von imposanter Statur in unserem Stadtteil als vermisst gemeldet war. Diese Info sowie Telefonnummer und Nachnamen des Katzenhalters gab man an uns weiter, mehr wussten die Leute im Tierheim auch nicht.

Selbstverständlich riefen wir sofort dort an, aber niemand meldete sich, das ging über Wochen.

Vielleicht bestand der Anschluss nicht mehr. Wir recherchierten im Internet, durchflöhten das Telefonbuch und riefen bei allen Anschlüssen mit dem bekannten Nachnamen an – niemand vermisste den Kater.

Schließlich versuchten wir über die Telefongesellschaft die Adresse zu erfahren, aber dort bissen wir auf Granit. Man berief sich auf das Datenschutzgesetz und verweigerte uns jede Auskunft.

Da besann ich mich auf einen Werbeslogan, der sich mir eingeprägt hatte: „Die Polizei, dein Freund und Helfer". Ich rief also bei der Kripo an, verlangte einen leitenden Beamten, schilderte den Fall und hoffte auf Hilfe.

Vorab, es sind nette Leute dort, aber Helfer??

Kurz: Sie könnten nichts tun, wurde mir beschieden. Auch ihnen werde keine Auskunft von der Telefongesellschaft erteilt, wenn kein „hinreichender Verdacht auf eine Straftat vorliegt".

In unserem Fall seien sie hilflos, leider. Und dann bat mich der offenbar tierliebende Kommissar noch, ich möge den Kater behalten.

„Er wird es gut bei Ihnen haben, das höre ich doch", sagte er.

Wir haben ihn Charly genannt und er wohnt jetzt bei uns (der Kater, nicht der Kommissar). Er hat sich gut eingelebt, isst gern und gut, braucht Herzmedikamente und ist ein wenig cholerisch, offenbar war er in seinem früheren Zuhause unangefochten Bestimmer und Vorkoster. Man rauft sich zusammen.

Und doch nagt es an uns.

Charly hatte ein mutmaßlich sehr schönes Heim, das ihm aus irgendwelchen Gründen abhandenkam. Wir hätten gern Näheres gewusst, doch davor und vor seine eventuelle Heimkehr haben die Bestimmungen den Datenschutz gesetzt.

Natürlich beruhigt es uns auch irgendwie zu wissen, dass dieser Datenschutz ein hochgeschätztes Gut ist.

Jedenfalls in Bereichen, die absolut keinen Profit versprechen.

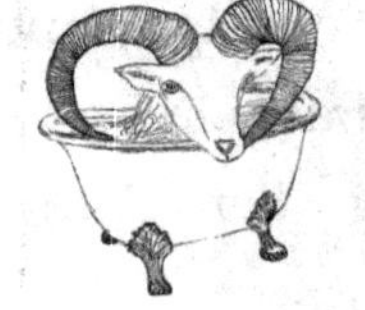

Netzwerk

Es muss ein geheimes Netzwerk geben.

Unter der Hand, denke ich, wird unsere Adresse weitergegeben, als letzte Instanz sozusagen, nicht an jeden wohl, aber doch als letzte Rettung.

Wenn zum Beispiel jemand absolut am Ende ist, hungrig, verzweifelt, krank vielleicht oder auch einfach absolut unfähig, sich allein in der Welt zu behaupten, dann tritt irgendein Mitglied dieses Netzwerks auf den Plan, nimmt den Loser beiseite und flüstert ihm zu: „Kumpel, du bist echt am Arsch. Für dich gibt es nur eine Chance, nutze sie!", und dann wispert er ihm unsere Adresse zu.

Und der Loser versteht, macht sich auf die Füße und steht irgendwann bei uns vor der Tür und begehrt Einlass, mehr oder weniger dringlich, mehr oder weniger gesprächig - mancher versteht es, uns lediglich mit Blicken und durch Körperhaltung zu bedeuten, wie mies es ihm geht, wie heimatlos er ist, wie dringend er ein Zuhause braucht, mancher labert uns auch eine Kante ans Knie - abgewiesen wird niemand; wir haben einen Ruf zu verlieren, sind also Teil dieses Netzwerks, gewissermaßen.

Ich muss sagen, dass es wirklich nur Härtefälle sind, die an uns verwiesen werden.

Dem Ersten fehlte ein Bein, was ihn vielleicht sensibilisierte für die Nöte anderer - wir haben nie darüber gesprochen, aber ich kenne kein sozialeres Wesen als ihn, er hilft jedem!

Ein Schwerkranker mit Störungen des Immunsystems lebt inzwischen friedlich bei uns; es geht ihm prächtig. Er bekommt gutes Essen, die nötige Medizin und - wohl eine wichtige Komponente - liebevolle Zuwendung.

Ein ausgesetztes Kind, nie wirklich sozialisiert, hat bei uns ein Zuhause gefunden. Manchmal nervt es ein wenig mit seiner Aggressivität, aber meist spielt es harmlos vor sich hin, braucht auch viel Zärtlichkeit.

Ein etwas gestörter Hyperaktiver wohnt allein im Zwischenstockwerk in meinem Arbeitszimmer, verlässt es selten, er ist ein Einzelgänger. Als ich ihm zum ersten Mal begegnete, dachte ich, das fehlt mir noch: ein verhaltensgestörter Schwätzer. Doch nachdem er uns seine Geschichte mehrmals erzählt und alle Aspekte seines Schicksals beleuchtet und ausführlich kommentiert hatte, wurde er gottlob ruhiger. Nur wirklich umgänglich mit den artgleichen Hausgenossen wird er wohl nie, man muss ihn lassen.

Die ein wenig zickige blaublütige Dame aus England mit dem Sauberkeitstick kam eher unfreiwillig zu uns; es gab zu viele Reibereien in ihrer Umgebung, man suchte eine Lösung, mit der jedem geholfen wäre. Sie ist hypernervös, hat einen Gang wie Tony Curtis in „Manche mögen´s heiß", ist extravagant und gelegentlich übel gelaunt, dabei sehr liebebedürftig und hat das ganze obere Stockwerk in Besitz genommen.

Und der übergewichtige Herzkranke mit der klagenden Stimme frisst uns die Haare vom Kopf, ganz abgesehen von der teuren Medikation.

Da sind wir dann froh, wenn jemand wieder zurück nach Hause findet, wie die zarte Dreifarbige, der ihre Leidenschaft fürs Autofahren fast zum Verhängnis wurde. Sie tauchte aus dem Nichts auf, kam drei Wochen lang zum Essen, ehe sie uns endlich erlaubte, die schon halb verwaschene Telefonnummer auf ihrem Halsbändchen zu entziffern – sie wurde schmerzlich vermisst, war wohl per Anhalter gut fünfzig Kilometer weit gefahren. Wie sie es schaffte uns zu finden, bleibt ein Geheimnis des Netzwerks.

Es funktioniert.

Alarmzeichen

Letzthin fragte ich, noch emsig in der Küche beschäftigt, den Liebsten, der bereits im Zimmer nebenan vor seinem Essen saß, ob es ihm denn schmecke, und erhielt die merkwürdige Antwort: „Ich bade noch das Mufflon", worüber ich schwer ins Grübeln kam. Denn: Wir haben kein Mufflon. Und selbst wenn wir eines hätten – müssten wir es baden?

Was wollte er mir damit sagen? Decodierungsschwierigkeiten in einer Beziehung sind immer ein Alarmzeichen.

Was überhaupt ist eigentlich ein Mufflon?

Ich ging ins Arbeitszimmer und schlug nach. „Mufflon", steht im Wahrig, „kleines Wildschaf auf Korsika und Sardinien".

Wir waren nie auf Korsika oder Sardinien. Hatte ein überwältigendes Fernweh den Mann ergriffen? Doch welch eigenartige Vorstellungen hatte er von einem Mittelmeerurlaub? Glaubte er dort kleine Wildschafe baden zu müssen? Vielleicht dachte er daran, dass im Süden nicht alles so hygienisch zugeht wie in Norddeutschland. Aber ich habe auch noch nie gehört, dass hiesige Schäfer derart viel Wert auf die Körperpflege ihrer Schnucken legen.

Ich fragte mich, ob es überhaupt zulässig sei, nach Korsika oder Sardinien zu fahren und die dortigen Mufflons zu baden.

Schließlich ist ein gewisser Schmutzfilm auch gesund, schützt vor Infektionen, stärkt die Abwehrkräfte.

Ich stellte mir ganze Herden entkräfteter, weil ihres Schmutzschildes beraubter, völlig verstörter kleiner Wildschafe vor. Man würde uns verhaften, da war ich sicher. Der Volkszorn würde über uns kommen. Die hiesigen Heidjer jedenfalls, denen man ja noch ein gewisses Phlegma zugestehen muss, wären bestimmt nicht begeistert, wenn so ein Korse hier auftauchte, der ihnen erklären wollte, wo es langgeht. Und diese Südländer sind schnell mit der Waffe, wenn sie gereizt werden, das weiß jeder.

Auf jeden Fall würde es außenpolitische Verwicklungen geben.

Ob es einen deutschen Botschafter auf Korsika oder Sardinien gab? Und wenn, würde er uns helfen können?

In meine Überlegungen tönte die Stimme des Liebsten:

„Wo bleibst du denn, das Essen wird kalt. Ich habe doch gesagt,

ich warte noch, bis du kommst."

Körperliches

Die ersten schönen Tage nützten wir für einen Zoobesuch, und das taten, weil Osterferien waren, viele andere Familien auch – es war rappelvoll. Es wimmelte nur so von Kinderchen, vielleicht sollten die Demographen mal an einem Ferientag in den hannoverschen Zoo gehen …

Der Rundgang war absolviert. Das Enkelkind Sophie hatte die mitgenommenen Brote, das Obst und die Gummibärchen verputzt und fühlte sich stark genug für den Spielplatz. Wir suchten einen Platz, von dem aus man zumindest einen Teil des Riesenspielgeländes übersehen und dabei vielleicht noch einigermaßen bequem Kaffee und Kuchen zu sich nehmen konnte, und fanden ihn: ein wirklich großes Areal voller Gartentische und -stühle direkt oberhalb des Spielplatzes und in unmittelbarer Nähe der Selbstbedienungsgastronomie.

Der Liebste begab sich in seiner Funktion als Opa mit Sophie auf den sandigen Grund des Abenteuerspielplatzes. Ich holte mir derweil schon mal einen Pott Kaffee und ein Stück Kuchen, sehr ländlich gleich vom Blech und, wie sich erwies, auch total lecker. An einem der Tische, wo ein wenig Platz war, ließ ich mich nieder, blinzelte in die Sonne, nahm einen Schluck Kaffee und kostete meinen Kuchen.

Links von mir hatte ich Plätze für den Liebsten und Sophie belegt; rechts von mir, gleichsam den Kopf der Tafel bildend, saßen drei Frauen, altersmäßig zwischen Ende zwanzig und Ende vierzig und, wie sich aus dem Gespräch heraushören ließ, offenbar in derselben Firma beschäftigt. Eigentlich wollte ich niemandem zuhören, ich wollte ganz einfach meinen Kaffee mit Kuchen genießen. Aber für die drei Tischnachbarinnen war ich offenbar astral oder es war ihnen völlig egal, ob jemand zuhörte, vielleicht war auch der Frust so stark, dass einfach herausmusste, was dann kam.

Binnen Kurzem wusste ich Bescheid über diesen Chef und seine Administration: ein Monster, widerliche Typen, die nach so gut wie keiner Einarbeitungszeit verantwortungsvolle Tätigkeiten auf die neuen Mitarbeiter delegierten, nur um dann verwundert festzustellen, dass diese ja gar keinen Zugriff auf die einschlägigen Computerseiten hatten. Mal ehrlich, so etwas kennen wir alle, das ist nicht neu, aber darum nicht weniger traurig. Doch dann kam das Gespräch auf den zurückliegenden Sonnabend und eine der Damen stellte fest, dass es in ihrem Bauch immer noch grummele.

Sie habe, erzählte sie, bis halb zehn auf der Toilette (auf ´m Klo) gesessen, jawohl! Was sie gegessen habe? Nur die paar getrockneten Aprikosen.

Aha, meinten die anderen, getrocknete Aprikosen seien das Abführmittel überhaupt. Ob sie denn wohl etwas getrunken habe?

Ja, aber nur Wasser, sagte die mit dem Bauchgrummeln, woraufhin ihr die anderen versicherten, dass getrocknete Aprikosen zusammen mit Wasser Durchfall verursachten ohne Ende.

Ich sah meinen Kuchen an und versuchte tapfer weiterzuessen, während die Damen neben mir nun sämtliche Durchfall fördernden Lebensmittel durchgingen, diese ausführlich auf persönliche Erfahrungen abklopften und schließlich über den Umweg Soja - verursacht anscheinend üble Blähungen - auf Wechseljahresbeschwerden und ihre Beeinflussbarkeit durch Ernährung zu sprechen kamen.

Ich rauche wenig, aber jetzt zündete ich mir eine Zigarette an, den Kuchen hatte ich einstweilen beiseitegeschoben. Vielleicht hätte ich schon eher zur Zigarette greifen sollen, denn es wurde nun sehr viel ruhiger am Tisch, ich registrierte missbilligende Blicke. Zwei der Damen riefen ihre Kinder, ein drittes kam unaufgefordert, allgemeiner Aufbruch, Stühlerücken - und dann wandte sich doch noch eine der Damen mir zu, sah mich direkt an und fragte, ob ich wisse, wo hier die Toiletten seien.

Kurz darauf kam der Liebste mit dem Enkelkind an den Tisch, betrachtete mich etwas irritiert und fragte, warum ich so müde aussähe. Und warum ich meinen Kuchen nicht aufgegessen hätte.

„Ich weiß auch nicht", sagte ich. „Vielleicht ist mein Verdauungsapparat nicht in Ordnung."

Eulenleben

Ich bin eine Eule und als solche ist es nicht immer einfach, soziale Akzeptanz zu erlangen.

Zur Erläuterung: Als Eulen bezeichnet man (auch) Menschen, die abends zu Höchstleistungen auflaufen, munter, diskussionsfreudig, aufgeräumt, kreativ oder unternehmungslustig werden, auf jeden Fall noch nicht müde sind, wenn andere längst nach dem Bettzipfel gähnen.

Und dann gibt es noch die sogenannten Lerchen. Jetzt wird es leicht, man muss nur den Spruch der Altvorderen erinnern „Der frühe Vogel frisst den Wurm". Und die Lerche ist eindeutig ein früherer Vogel als die Eule, die aber sowieso lieber größere Sachen wie zum Beispiel Mäuse frisst, und Mäuse sind ja eigentlich auch Eulen, was ganz praktisch ist, jedenfalls für die Eulen, und darum haben die Lerchen wirklich keinen Grund, die Eulen zu verachten, was sie aber mehr oder weniger offen tun, sie versagen den Eulen die soziale Akzeptanz, was wiederum auch der dickfelligsten (?) Eule gelegentlich zu schaffen macht, sodass sie sich immer wieder bemüßigt fühlt zu betonen, sie schlafe auch nicht länger als die Lerchen, nur sozusagen zeitversetzt, was den Lerchen aber nur ein nachsichtig-überhebliches Lächeln entlockt – wieso fühle ich mich plötzlich so erschöpft?

Kurzer Sinn: Ich bin ein Nachtmensch. Punkt. Und nachdem ich die Hälfte meiner Schulzeit (die ersten Stunden morgens) und einen großen Teil meines Schreibtischberuflebens (den frühmorgendlichen) in teilnahmsloser Benommenheit verplempert habe, darf ich jetzt frei bis in die frühen Morgenstunden arbeiten oder lesen, wobei ich sicher sein kann, dass keine Lerche anruft, die schlafen nämlich alle, darum ist es so herrlich still in der Nacht und diese Stille lieben Eulen, selbst ihr Flügelschlag ist lautlos - irgendwie bringt mich dieser Text dazu abzuschweifen.

Gestern zum Beispiel, da war es aber extrem spät - schon meine ich wieder mich entschuldigen zu müssen, daran kann man ermessen, wie gern ich in meinem sozialen Kontext als solider Typ anerkannt wäre – also, gestern arbeitete ich am Schreibtisch bis spät in die Nacht, bis kurz vor drei Uhr morgens. Dann begab ich mich über den Umweg Bad ins Bett, las noch einen winzigen Moment und dann schlief ich.

Und wurde nach ziemlich kurzer Schlafenszeit geweckt von einer Megafondurchsage – das war gemein!

Ich saß im Bett, völlig übernächtigt versuchte ich zu verstehen, was da gesagt beziehungsweise gebrüllt wurde. Und hatte die fürchterliche Vision, unsere Häuser würden evakuiert, eine absolute Gefahrensituation habe sich ergeben, Bomben oder Giftgas oder Was-weiß-ich, und ich als Einzige säße im Nachthemd, ungeschminkt, mit zerrauftem Haar, ungeduscht, mit ungeputzten Zähnen und auch noch ohne meinen Pott Tee in irgendeiner überfüllten Turnhalle unter lauter sauberen, angezogenen, gekämmten, satten Lerchen. Als ich gerade beschlossen hatte, lieber mit den Katzen zusammen den Giftgasanschlag nicht zu überleben, brachte mir der Liebste einen Pott Tee ans Bett.

„Hörst du das Megafon nicht? Bestimmt ist was passiert, bring dich in Sicherheit!“, befahl ich.

„Da wird durchgesagt, dass ab zehn Uhr das Wasser für etwa zwei Stunden abgestellt wird“, sagte er. „Ich dachte, ich wecke dich lieber, falls du gern vorher duschen möchtest.“

Gefrustet rollte ich mich unter der Bettdecke noch einmal kurz zusammen. Ich wette, auch die Durchsager sind nicht alle nur Lerchen, da gibt es bestimmt einige Eulen, die sich bemühen, einen wachen Eindruck zu machen.

Neue Plätzchen

Wer jetzt an Gebäck gedacht hat, liegt völlig falsch. Es geht - wer hätte das vermutet? - um Katzen. Und um etwas Revolutionäres, etwas Umwälzendes, kurz: Es geht um neuen Teppichboden in einigen Zimmern.

Wir haben die drei Zimmer im ersten Stock renoviert, das Gästezimmer, unser Schlafzimmer und ein Zimmer mit Schränken, Spiegeln, Bügelplatz und einem Fenster mit dicker Decke auf der tiefen Fensterbank, ein sehr beliebter Platz, einmal wegen der Aussicht, aber auch wegen der Wärme, da direkt über der Heizung gelegen. Klar, es liegt sich wunderbar kuschelig im Warmen, während fünf Zentimeter entfernt Schnee oder Regen gegen die Fensterscheibe weht.

Nun war bisher nicht nur die Rangordnung im Haus seit Langem kein Thema, auch die Verteilung des vorhandenen Platzes einschließlich Arbeitszimmer und Keller war peinlich genau ausgearbeitet. Unsere sechs Katzenmitbewohner - allesamt Sozialfälle, Findelkinder, Behinderte - hatten die Sache unter sich ausgemacht, wir mischten uns kaum ein, nur bei offenem Zwist. Und nun, plötzlich, ist alles anders.

Es muss an dem neuen Teppichboden liegen. Der alte war fleckig, unansehnlich, für unsere Miezen aber wohl voller Grenzzäune und Reviermarken, mit Erinnerungen an blutige Nasen und glanzvolle Triumphe überfrachtet - Territorien haben wir ausgelöscht, Vertreibung, Orientierungslosigkeit und Neuordnung sind die Folgen, mit denen wir alle jetzt leben müssen. Vier aus der Sechserbande haben die Lieblingsplätze gewechselt, getauscht, was zu Verwirrung und Suchaktionen führt.

Aber dass der uralte dreibeinige Heinrich jetzt wieder gelegentlich schnurrend zu uns ins Bett kommt, ist schön.

Relikt

Meist war er dunkel mit Blümchenmuster und durchgeknöpft. Selten konnte man ihn wickeln und wenn, dann nur in der weiblichen Form. Manchmal hatte er einen Reverskragen, häufig auch nur einen spitzen Halsausschnitt. In der einfacheren Variante war er in der Regel ärmellos und immer hatte er Taschen.

In der edleren Form und Farbe hat er überlebt; ich beobachte allerdings auch an Ärzten und Angehörigen medizinischer Hilfsberufe eine zunehmende Unlust ihn zu tragen.

Für meine Oma war er so was wie ein Jogger (ugs. für Jogging-Anzug). Nicht, dass sie je gejoggt wäre oder sich überhaupt in irgendeiner Weise sportlich betätigt hätte; ich meine eher die „Nach-Hause-kommen-in-den-Jogger-werfen-und-abhängen"-Variante.

Bereits meine Mutter trug ihn nur noch zum Putzen und nie sah ich sie darin auf der Straße stehen und mit anderen Frauen tratschen (dafür ging sie mal aus Versehen in Pantoffeln zum Einkaufen, das war auch peinlich).

Ich denke, er war bequem und praktisch, leicht und unempfindlich. Nur sein Gürtel, obwohl meist ordentlich gebügelt, rollte sich innerhalb kürzester Zeit zu einem dünnen, einschneidenden Seil zusammen.

Bis gestern hatte ich ihn beinahe vergessen. Da wollte der Liebste sich mit einem verstopften Abfluss beschäftigen und suchte seine Arbeitsklamotten, die ich jedoch just zurzeit in die Wäsche gepackt hatte.

Wortlos stieg er in den Keller und tauchte binnen Kurzem in einem durchgeknöpften, geradegeschnittenen Teil mit langen Ärmeln und Reverskragen wieder auf. Taschen hatte es auch, war von beachtlicher Länge und von einem undefinierbaren Grau. Der Liebste sah sehr verändert aus.

Ich muss ihn wohl so verblüfft gemustert haben, dass er sich zu einer Erklärung verpflichtet fühlte.

„Ist noch von Opa, der Kittel", sagte er kurz und verschwand Richtung Abflussrohr.

Ich muss sagen, der mit den Blümchen von meiner Oma war schöner.

Und er roch auch besser.

Wir haben die Handwerker

„Wir haben die Handwerker" hört sich an wie „Wir haben Hochwasser" oder „Wir haben die Grippe" oder ähnlich. Ich hatte das immer für überzogen gehalten.

Nun trug es sich kürzlich zu, dass wir unser Zweit- und Gästeklo renovierten: neue Fliesen, neue Armaturen und neue Sanitäreinrichtung, also Waschbecken und Toilette samt Wasserbehälter etc. Sehr chic, das Ganze. Aus einem Abort aus den Anfängen des vorigen Jahrhunderts hatten wir eine Toilette mit Fliesen in toskanisch blassblauer dezenter Dekadenz gezaubert, alles andere - Armaturen usw. - passend und traumschön, wie wir fanden.

Nur noch angeschlossen werden musste das Klo, dann war es benutzungsbereit.

Der Handwerker für den Wasserkasten kam an einem Freitag, besah sich die Sache und steckte sich erst einmal eine Zigarette an.

Und dann schuftete er eine beachtenswerte Zeitlang unter Stöhnen und Ächzen, auch gelegentlichem leisen Fluchen. Irgendwann trat ich hinter ihn und fragte, ob alles in Ordnung sei.

„Das wird nicht dicht", meinte er, deutlichen Vorwurf in der Stimme.

„Ach ja", sagte ich und entfernte mich wieder.

Als ich nach einer längeren Weile wieder einmal hereinschaute, bedachte er erst den Wasserkasten mit einem tiefen Blick und dann mich.

„Na, klappt´s?“, fragte ich munter.

„Ich schlage vor“, sagte er bedächtig, „dass ich jetzt erst mal gehe. Und wenn dann am Montag das Wasser immer noch läuft, komm ich wieder.“ Er sah mich erwartungsvoll an.

„Aber wir möchten diese Toilette benutzen“, sagte ich ein wenig ratlos.

Damit hatte er nicht gerechnet.

„So, Sie wollen sie benutzen“, sagte er, und es klang irgendwie verbittert.

„Ja“, sagte ich entschlossen. „Und darum schlage ich vor, dass Sie die Sache in Ordnung bringen und dann erst gehen.“ Und drehte mich um und ging davon, ließ ihn allein mit der Tücke der Materie und seinem Groll.

Nach einer weiteren Stunde war der Wasserkasten dicht, das Klo einsatzbereit.

Der Handwerker ging und ließ mich zurück mit ziemlich viel Schmutz und einem starken Schuldgefühl - beim Kauf des nächsten Wasserkastens werde ich, statt auf das Design, darauf achten, dass seine Montage problemlos ist.

Leben und Tod

Wir leben mit Katzen und Katzen fangen Mäuse, das ist bekannt. Wir möchten aber, dass Mäuse auch leben dürfen, unseren Katzen dagegen ist das schnurzegal. Sie betrachten Mäuse vorzugsweise als Beutetiere, ganz lecker zudem, jedenfalls Mus musculus, die gemeine Hausmaus, wobei gemein hier keinesfalls fies meint, allenfalls gewöhnlich.

Gestern hielten wir uns eine Weile auf der Terrasse auf, eine Freundin kam dazu - wir genossen eine sanfte, fast schon frühlingshafte Dämmerung. Zwei unserer Katzen spielten auf der Wiese, anmutig weich tollten sie umeinander, duckten sich gelegentlich zum Sprung …

Und plötzlich sagte die Freundin: „Die haben eine Maus."

„Mist!", sagte der Liebste, rannte los und holte einen Karton.

Ich sprintete auf die Wiese, hob eine Katze auf den Arm, schubste die andere beiseite und blickte mich suchend nach der Maus um.

Die war mächtig eingeschüchtert. Wahrscheinlich völlig fertig mit den Nerven hockte sie neben einer früh blühenden Azalee, anscheinend nicht mehr in der Lage, die Gelegenheit zur Flucht wahrzunehmen. Die Katze auf meinem Arm wollte weg, runter zu der Maus. Und wenn eine Katze weg will, macht sie das unter Zuhilfenahme ihrer Krallen deutlich. Egal, ich hielt sie fest, scheuchte die andere in Richtung Terrasse, dieweil der Liebste der Maus einladend den offenen tiefen Karton vor die Nase legte. Die zögerte kurz, dann hastete sie in seine schützende Dunkelheit.

Ich brachte die Katzen ins Haus, der Liebste die Maus in die Sicherheit etwas entfernter Büsche.

Die Freundin hatten wir für den Moment vergessen. Sie stand etwas verloren auf der Terrasse und bekam jetzt ein Glas Wein - als Trost für die Vernachlässigung. Aber schließlich war es um Leben und Tod gegangen, das verstand sie auch.

Traumsequenzen

Träume, las ich neulich, folgen der Logik unserer Wünsche. Sie finden an einem Schauplatz statt, auf dem das Unbewusste wirkt. Wir entwerfen dort anscheinend Szenarien, die wir im Alltag nicht leben können. Ja sicher, das war Sigmund Freud, eine der Gründergestalten der Psychoanalyse, und deshalb bleibt das Folgende auch ganz unter uns, unterliegt der Schweigepflicht des Therapeuten, also strengster Diskretion sozusagen.

Unser ältester Kater, der weise sanfte Patriarch, hat nur drei Beine, sein linkes Hinterbein fehlt. Er trägt den Namen Heinrich nach Heinrich Heine, auch der als Pate ein Versehrter, ein Kluger, ein Liebebedürftiger - passt sehr gut zu unserem Heinrich.

Neulich träumte mir, mir träumte: ein silberlichtübergossener Hof, holzdunkle Gebäude, Stallungen, Scheunen. Heinrich und ich gehen auf mondbeschienenem Weg. Er hinkt neben mir her, wir kommen ins Gespräch, plaudern, werden langsam persönlicher. Und irgendwann druckst Heinrich neben mir, schaut fast entschuldigend hoch - ich frage nach.

„Tja", sagt er, „ ich wollte es dir eigentlich schon seit Längerem sagen, aber irgendwie ergab es sich nicht ..."

Und auf meinen fragenden Blick hin:

„Eigentlich heiße ich Jürgen."

Es spricht für unser Verhältnis, dass dieses Bekenntnis nichts zwischen uns geändert hat.

Am nächsten Tag habe ich es versucht, habe mich vor ihn hingehockt, ihn mit seinem vermeintlich eigentlichen Namen - Jürgen eben - angesprochen, fragend, wartend ...

Heinrich hat mich nur freundlich angesehen, hat dann die Lider sanft gesenkt, die Mundwinkel etwas gehoben - er hat also gelächelt, so wie Katzen lächeln, man kennt das.

Wir nennen ihn weiterhin Heinrich, was weiß man schon wirklich.

Heute Nacht nun hat der Liebste, der immer behauptet, er träume so gut wie nie, auch geträumt, war noch ganz aufgewühlt am Morgen. Von Willy Brandt habe er geträumt, erzählte er.

Ich war ganz Ohr. Was Brandt gesagt habe, fragte ich.

„Keine Ahnung", sagte der Liebste. „Direkt habe ich nicht mit ihm gesprochen."

Manchmal fällt es mir sehr, sehr schwer, meine Zunge im Zaum zu halten. Da hat einer die historische Chance, mit Willy Brandt zu sprechen und sei es auch nur im Traum und was macht er? Er hält sich vornehm zurück!

Das alles habe ich nicht zu dem Liebsten gesagt, aber, ich gebe es zu, es stand im Raum!

Und dann sagte der Liebste, sich erinnernd: „Ach ja, Herbert Wehner war auch dabei."

„ Und?", fragte ich, „Was hat der gesagt?"

„Weiß ich nicht mehr", sagte der Liebste, bereits ein wenig ungeduldig, „Alles kann man sich nicht merken."

Diäten

Gelegentlich gehe ich mit zwei alten Freundinnen essen, das heißt, unsere Freundschaft ist alt, sie hält seit mehreren Jahrzehnten. Entsprechend gut kennen wir uns, wissen mehr über die jeweiligen Ehemänner, eventuellen Liebhaber, Kinder, Schwiegermütter und andere, als es denen lieb sein würde, so sie wüssten, was wir wissen. So sind Frauenfreundschaften: nicht immer unkompliziert, der Umgang miteinander ist manchmal ein wenig schonungslos, gelegentlich sehr schonungsvoll, oft sehr ehrlich und überwiegend heiter. Untereinander lacht man über andere, übereinander und vor allem über sich selbst – ich glaube, die Basis von Freundschaften unter Frauen ist der gemeinsame Humor, das würde auch erklären, warum so oft völlig unterschiedliche Frauen lebenslang befreundet bleiben.

Letzthin trafen wir drei uns mal wieder, saßen gemütlich bei unserem Lieblingsitaliener an dem bestellten Nischentisch – nicht nur, weil wir so viel lästern, aber eine von uns hört nicht mehr so gut, hebt deswegen immer mal wieder versehentlich die Stimme und schreit ein wenig, ehe wir anderen sie dämpfen, da ist ein Platz in einer Nische ganz nett.

Wir hatten es fein wie jedes Mal, obwohl eine von uns sich beim Essen sehr zurückhielt. Sie sei auf Diät, verkündete sie. Das ist sie eigentlich immer, seit wir uns kennen, und es nützt nicht viel, sie ist in Teilen appetitlich rundlich, beileibe nicht fett. Veranlagung sei das, sagt sie. Schon ihre Mutter habe mit ihrem Gewicht zu kämpfen gehabt, da sei nichts zu machen. Zudem ist sie ein echter Genussmensch und Fett in Form von leckerer Sahne oder guter Butter, zum Beispiel in köstlichen kleinen Saucen oder delikaten Desserts, ist nun mal auch ein Geschmacksträger.

Beim Kaffee erzählte sie dann Näheres über diese neue Superdiät - keine Kohlehydrate, glaube ich, dafür Fett, so viel man wolle, oder umgekehrt - ich weiß nicht mehr. Und während sie erzählte, ließ sie wie beiläufig Zucker in ihren Cappuccino rieseln, mehr und mehr und mehr ...

Zuerst wollte ich sie bremsen, sie wirkte irgendwie absentiert, fast wie in Trance. Doch ehe ich den Mund aufbekam, ihr sozusagen in den Zuckerstreuer fallen konnte, sagte sie: „Zucker darf ich."

Dann trank sie - in kleinen genießerischen Schlucken. Und ich begriff: Das war die Zucker-im-Kaffee-Diät.

Schulwissen

Von dem, was uns in der Schule vermittelt wird, sprich: was man uns zwingt zu lernen, uns eintrichtert, benötigen wir später leider – oder gottlob - meist nur einen Bruchteil. Von wegen „Nicht für die Schule, für das Leben lernen wir" - wo, bitte schön, hat mir in meinem Leben die Integral- und Differenzialrechnung geholfen? Ganz davon zu schweigen, dass ich inzwischen nur noch einen Schimmer vom Dunst einer Ahnung habe, was das eigentlich ist.

Und was war mit jenem befreundeten Arzt, den ich damals wegen einer Biologieaufgabe um Rat fragte und der mir zur Antwort gab, er habe keine Ahnung, seine Patienten betrieben keine Photosynthese? Was hatte er aus dem naturwissenschaftlichen Unterricht mitgenommen in das Leben?

Für eine der effektivsten Paukereien habe ich immer das Vokabellernen gehalten, aber auch da gab und gibt es Redewendungen, bei denen fragt man sich, wo man sie jemals anwenden könnte. Die liegen da so im Hirn herum und warten und man würde sie gern nutzen, aber irgendwie fehlt der Lebensbereich, in welchem man sie in entsprechender Situation lässig von sich geben könnte, so quasi nebenher, ohne Aufhebens, souverän eben.

Der Liebste zum Beispiel krankte über viele Jahre hinweg an einer solchen Sache. Obwohl eigentlich wirklich sprachbegabt, tut er sich doch mit dem Französischen ein wenig schwer. Zum einen verweigert sich seine norddeutsche Zunge einfach der französischen Leichtigkeit. Zum anderen neigt er auch mental eher dem Britischen zu. In einem Pub fühlt er sich gleich heimisch, nimmt sofort die Farbe seiner Umgebung an, assimiliert sich, um das mal so auszudrücken. In einem Bistro fremdelt er, man kann es nicht anders bezeichnen. Und so quälte es ihn doppelt, dass er einen wunderschönen vollständigen französischen Satz in seinem Hirn bewahrte, präsent wie vor einem Vokabeltest und nie konnte er ihn anwenden.

Bis vor einigen Tagen. Da saß der Mann vor einer Sportsendung im Fernsehen, dieweil ich mich in Hörweite befand.

Und plötzlich ein begeisterter Ruf: „Komm mal schnell! Er hat es gesagt! Und ich hab ihn verstanden!"

Und - triumphierend: „J´ aime bricoler!"

Eilends begab ich mich an den Ort des Geschehens.

Im Fernsehen wurde gerade ein französischer Fußballspieler interviewt, Franck Ribéry mit Namen, wie mir der Liebste erklärte. Dieser Herr Ribéry nun wurde befragt nach seinen persönlichen Vorlieben und er hatte - lässig und wie selbstverständlich - den Satz gesagt, den der Liebste seit der Schulzeit, praktisch wie neu, mit sich herumtrug, den Satz: „J'aime bricoler", was so viel heißt wie „Ich bin gerne Heimwerker" oder „Ich liebe es, zu Hause rumzumuckeln" oder ähnlich.

Das Antlitz des Liebsten strahlte, war verklärt irgendwie. Nie hatte er diesen Satz gehört seit damals, auch nicht mehr wirklich damit gerechnet. Die Wahrscheinlichkeit, ihn je - aktiv oder passiv - nutzen zu können, ging gegen null.

Seither bin ich etwas versöhnt mit diesem Spruch von dem Lernen für das Leben und so.

Aber wieso gerade dieser Satz?

Schützenausmarsch

Eigentlich sollte jemanden, der in Nordrhein-Westfalen, genauer, im Ruhrpott, aufgewachsen ist, nichts mehr schrecken können, das laut ist und in irgendeiner Weise auf starkes Gemeinschaftsfeiern, verbunden mit erheblichem Alkoholkonsum, hinausläuft.

Ich wäre gewarnt gewesen, hätte man mir gesagt, dass ich meinem späteren Leben nicht gewachsen sein würde, wenn ich mich nicht integrierte. Doch ich war ahnungslos, entzog mich dem rheinischen Frohsinn, später dem süddeutschen Fasching, und ging meiner Wege, die mich dann letztendlich nach Hannover führten, wo man für Exzesse dieser Art meist nur ein Naserümpfen übrighat.

Also, ich war kurz zuvor zu dem Liebsten gezogen, hatte noch nichts verändert (das macht man in der ersten Zeit nicht) und irgendwie war ja auch alles sehr schön, ruhig, ziemlich viel Grün …

Der Mann hatte sein Schlafzimmer im Erdgeschoss. Es war eine warme Nacht, wir hatten das Fenster geöffnet, die Jalousien auf Spalt geschlossen. Nächtliche Stille lag über der Stadt, ich schlief tief und fest.

Und plötzlich ertönte direkt vor unserem Fenster ein infernalischer Lärm - ein Spielmannszug in voller Aktion spielte sich die Seele aus dem Leib.

Ich lag starr vor Schreck, war völlig desorientiert, dachte an eine Invasion …

Der Liebste stand schon am offenen Fenster.

„Komm her, sieh dir das an“, sagte er vergnügt.

Schlaftrunken wankte ich zu ihm und sah direkt vor unserem Vorgarten einen Bus. Aus ihm quollen Menschen in einer Art von Uniform, formierten sich und schlossen sich dann anderen Uniformierten an, die irgendwohin gingen, das Ganze zu den Klängen des Spielmannszuges und das mitten in der Nacht.

Wie alles Uniformierte, sehr Laute, hatte es etwas Bedrohliches für mich.

„Die holen jetzt den Schützenkönig, der wohnt hier gleich um die Ecke. Da bekommen sie etwas zu essen und zu trinken, dann spielen sie noch mal und dann fahren sie wieder weg. Schließlich müssen sie sich zum Schützenausmarsch sammeln, da muss man früh anfangen sich zu formieren“, erklärte mir der Liebste.

Ich hatte verstanden.

Wir haben unser Schlafzimmer jetzt im ersten Stock, zum Garten hin.

Dort schlafen wir ruhig, auch wenn dieser König in unserer Nähe wohnt. Nur einmal im Jahr hörten wir bis vor kurzem mitten in der Nacht ein wenig entfernt, sehr gedämpft, diese Spielmannszugklänge.

Inzwischen wird der Schützenkönig nicht mehr mitten in der Nacht abgeholt, würde mich aber auch nicht mehr stören. Schließlich ist das hannoversche Schützenfest das größte der Welt, das weiß ich jetzt, da muss man Zugeständnisse machen.

Außerdem habe ich inzwischen gelernt, einigermaßen ordentlich Lüttje Lagen zu trinken, die Schützenfest-Spezialität: ein kleines Glas mit Bier und ein noch kleineres mit Schnaps, beide in einer Hand mit besonderer Grifftechnik übereinander gehalten und gleichzeitig, sozusagen kaskadenmäßig getrunken – am Anfang bekleckert man sich ziemlich, aber dann …

Ich kann nur sagen: lecker!

Anzügliches

In unserem Freundeskreis gibt es ein Paar (nur eines), das gemeinsam Klamotten einkauft, auch ihre. Mehr noch, gelegentlich geht er allein los, kauft ein hübsches Teil für sie und es sieht toll an ihr aus. Beide haben Stil, haben Geschmack - sie sind ein schönes, elegantes Paar und alle anderen beneiden sie, jedenfalls auf diesem Gebiet.

Denn wir Normalsterbliche leben in Paarbeziehungen, in denen über vieles gesprochen, gelacht und vieles zusammen unternommen und genossen wird, in denen aber bereits der gemeinsame Kauf einer schlichten Hose ein ziemlich quälendes Unterfangen ist.

Hosen für ihn sind ja noch relativ einfach zu bekommen.

Steht der Entschluss zu einer solchen Anschaffung erst einmal, geht der Kauf meist recht schnell. Wenn zum Beispiel der Liebste sich endlich in einer Umkleidekabine befindet, muss es auch schnell gehen, denn in so einem engen Gelass fühlt er sich nicht wohl, möchte ausbrechen sozusagen.

Also suchen wir vorab die geräumigste Kabine, die wir finden können, ich schwirre aus wie eine Meisenmutter, raffe jede Menge Hosen in seiner Größe und seiner (und meiner) Vorstellung entsprechend zusammen und er muss sie nur an- und ausziehen, was ihm aber auch noch genug Unbehagen bereitet.

Hosen - und alles andere an Kleidung für mich - kaufe ich allein.

Ich habe es versucht: Zu gern hätte ich gleich die Bestätigung gehabt, dass dem Liebsten gefällt, was ich am Leibe trage, aber er leidet. Die Luft in Geschäften oder Kaufhäusern macht ihm zu schaffen, sie ist schlecht, findet er. Außerdem könne er nicht so lange stehen.

Trotzdem ist er anfangs mitgegangen, wollte freundlich sein, aber es war nicht gut für ihn; er verfiel zusehends, alterte vor meinen Augen mit jedem Teil, das ich anprobierte, mit jedem Geschäft, in das wir gingen, bis er schier zusammenbrach - ich konnte es nicht mehr verantworten. Zudem waren seine Kommentare auch nicht besonders hilfreich.

„Das sieht doch nett aus, nimm es“, war noch einer der aussagekräftigsten.

Außerdem ist seine Grundeinstellung zum Einkaufen absolut konträr zu meiner.

Wenn ich zum Beispiel einen Mantel kaufen möchte und keinen finde, der mir gefällt, dafür aber zufällig Schuhe und vielleicht noch einen Pullover oder so und diese dann kaufe, versteht der Mann das nicht.

Er denkt, jemand, der einen Mantel brauche, benötige nicht etwa neue Schuhe, auch nicht dann, wenn er keinen Mantel gefunden hat, der ihm gefällt, wohl aber solche Schuhe.

Voraussetzung dafür, meint er, wäre ja, dass man in ein Schuhgeschäft ginge, wenn man einen Mantel möchte - ich habe kein Gegenargument.

Auch wenn es mir nicht gut geht, ich deprimiert bin, mich alt und hässlich fühle, alles grau in grau sehe, versteht er nicht so ganz, wieso ich mich besser fühle mit, sagen wir mal, einer neuen Handtasche, einer neuen Jeans …

Und ich verstehe nicht, warum er das nicht versteht, sehe mich auch außerstande, Erklärungen abzugeben. Vielleicht gibt es keine plausiblen.

Aber wer sagt denn, dass man immer alles verstehen muss?

Baumhausleben

Der Liebste in seiner Funktion als Opa baut ein Baumhaus.

Genauer besehen ist es kein solches, ist ein Stelzenhaus, das sich in den Wipfel des Walnussbaumes schwingt, weil ein Baumhaus, gestützt auf die Äste, den Baum vielleicht noch nicht überfordert hätte, wohl aber die sich darunter befindenden Rhododendren um Licht und Luft, sprich: Wachstumsraum, gebracht hätte.

Einmal nur hatte Sophie, inspiriert von der Kinderbuchserie „Das magische Baumhaus", sehnsüchtig sagen müssen, sie hätte sooo gern auch ein Baumhaus, schon erklärte der Liebste, das könne ja so schwer nicht sein, er wolle mal sehen, ob da was zu machen sei.

Seither waren wir unterwegs.

Zuerst grasten wir sämtliche Bau- und Holzmärkte Hannovers ab, besichtigten Fertighäuser auf Stelzen (von denen allerdings auch nur Bausätze geliefert werden, man also noch mächtig Eigenarbeit zu leisten hat), verglichen Bretter, Maße, Preise, gingen ins Internet und verglichen dort …

Schließlich kamen wir zu dem Schluss, dass ein selbst gebautes Stelzenhaus individuell passender und auch preislich günstiger sein würde, zumal ein sehr sachkundig scheinender Mitarbeiter eines Baumarktes uns sagte, so etwas könne er an einem Wochenende hochziehen. Er nannte auch seinen geschätzten Materialwert, eine durchaus vertretbare Summe.

Wer sind wir, das zu bezweifeln. Der Liebste meinte, das könne er auch, und ich glaubte ihm bedingungslos.

Ich sage nur so viel: Es wird traumhaft!

Sophies Baum- bzw. Stelzenhaus ist fest in der Erde verankert - was der Opa macht, macht er gründlich. Hoch genug ist es auch. Sie wird im Wipfel des Walnussbaumes sitzen, auch die von ihr gewünschten Fensterläden auf beiden Seiten sind bereits installiert. Sie bekommt drinnen eine Bank, einen Klapptisch, ein Regal und sie darf es natürlich selbst gestalten, die Wände anmalen etc.

Und gestern ist der Liebste mit der Leiter umgefallen.

Das Dach erwies sich als tückisch. Dafür musste er über die Leiter in den Walnussbaum, von dort aus agieren und dann zurückklettern.

Ich befand mich derweil im Haus, bereitete ein kräftiges Abendbrot - wer körperlich arbeitet, muss mehr essen, das weiß man - und plötzlich hatte ich die Vision des Liebsten, wie er in die Rhododendren fiel. Ich überlegte, ob ich mir Sorgen machen müsse, kam aber zu dem Schluss, dass der Mann wisse, was er tue, er sei ja schließlich alt genug, kurz, ich blieb in der Küche.

Ein wenig später kam der Meine ins Haus.

„Das musst du dir ansehen", sagte er und entblößte sein linkes Knie. Es war blassblau vor Schreck, etliche tiefe Schrunden zogen sich quer darüber. Dann bekam ich den rechten Unterschenkel präsentiert, auch hier Schürf- und etwas tiefere Wunden. Der rechte Fußknöchel schwoll schon an und die Abschürfungen am linken Arm waren auch nicht ohne. Mir wurde etwas schlecht.

Die Leiter war im weichen Boden eingesunken, aber nur einseitig und also umgefallen. Der Liebste befand sich zur Zeit des Umfallens im Abstieg aus dem Baum, hatte gerade die oberste Plattform der Leiter erreicht, als diese zu schwanken begann. Er hatte versucht, sie zwecks Stabilisierung gegenläufig zu beeinflussen, da war sie umgestürzt und er auf sie drauf, das tat wohl weh.

Seither hat er so einen etwas rauen Charme, humpelt ein wenig. Überhaupt stehen ihm diese Blessuren nicht schlecht, geben ihm etwas Kriegerisches, Urwüchsiges.

Dazu kommt noch dieser schmerzliche Zug um die Mundwinkel, aber der hat andere Gründe: Jetzt bereits ist der veranschlagte Etat für das Bauvorhaben um ein Mehrfaches überschritten …

Regenzeiten

Aufgefangenes Regenwasser ist gut brauchbar zur Wässerung des Gartens in Dürrezeiten (das weiß ich, seit ich mit dem Liebsten zusammen bin). Darum haben wir in einer entlegenen Ecke beim Schuppen ein für mich ziemlich kompliziertes Konstrukt von Schläuchen und Tonnen, das irgendwie nach dem Überlaufsystem arbeitet – beeindruckend.

In einer der letzten Nächte gab es ein mächtiges Gewitter mit viel, viel Regen. Ich behaupte das jetzt mal so, mitbekommen habe ich nichts; wenn ich schlafe, schlafe ich, da kann es noch so sehr gewittern. Aber dennoch wurde ich irgendwann wach, weil eine Unruhe im Haus war, eine leise schleichende zwar, aber spürbar bis in meine Tiefschlafphase.

Ich setzte mich im Bett auf und sah den Liebsten, wie er, offensichtlich glockenwach und patschenass, nach Handtüchern suchte.

„Wo warst du denn?“, fragte ich.

Irgendwie schien mir diese Frage angebracht, denn in unserem Schlafzimmer war alles trocken, soweit ich wusste, und der Mann war neben mir eingeschlafen. Wieso war er so nass und ich war es nicht?

Er sei draußen gewesen, meinte der Liebste. Wegen der Wasserfässer. Das eine wäre bei diesem Regen übergelaufen, wenn er nicht eingegriffen hätte. Und dann erklärte er mir, wieso – ich sage nur, es hörte sich schlüssig an. Trotzdem war da noch etwas unklar.

Wieso er denn so völlig nass sei, fragte ich.

Er sei eben draußen gewesen und es regne stark, erklärte der Liebste, noch sehr geduldig.

Ich betrachtete ihn stumm. Er trug das, was er unter einem Nachtgewand versteht, und das ist wenig. Sehr, sehr wenig.

„So?", fragte ich nur.

Er wurde ein wenig ungeduldig und vielleicht dadurch etwas unsachlich.

Ob er vielleicht einen Anzug hätte anziehen sollen, fragte er.

Ich schwieg. Wenn ich aus dem Tiefschlaf komme, bin ich rhetorisch nicht so firm. Aber dass da eine Diskrepanz war zwischen dem, wie der Mann mitten in der Nacht im Garten herumgesaust war, und dem, wie peinlich genau er sonst mit seinem Erscheinungsbild ist, also dass er zum Beispiel nie im Jogger auch nur zum Bäcker gehen würde (hinjoggen schon, aber er joggt ja nicht), das merkte ich.

„Und wenn dich jemand gesehen hätte?", fragte ich.

„Es läuft ja niemand mitten in der Nacht und bei dem Wetter bei uns im Garten rum", sagte er leichthin.

Da hat er recht. Ich denke, sogar die Igel und Marder bleiben bei dem Wetter im Bau.

Aber die haben ja auch keine Wasserfässer, die überlaufen.

Alltag mit Gurke

Ich plante einen Gurkensalat. Ist ja nun nicht weltbewegend, nur wollte ich eine Bio-Gurke – man weiß aus der Presse, wie belastet unser Gemüse in Teilen ist. Wir suchten und fanden eine hübsche, ökologisch einwandfreie Gurke, bisschen krumm, aber das schlägt sich im Geschmack nicht nieder. Wir trugen sie heim. Den Salat wollte ich erst am nächsten Tag machen, also bat ich den Liebsten, die Gurke kühl in der Garage zu lagern. Der Weg zur Garage ist ziemlich kurz, sie befindet sich gleich neben dem Haus, hat sich als Ersatzkühlkammer im Winter bestens bewährt. Aber irgendwie war der Mann unlustig.

Ob wir sie denn nicht irgendwo anders lagern könnten, fragte er.

Ich sagte, die Garage sei ideal: kühl, aber nicht zu kalt, schon gar nicht zu warm … Dann vergaß ich die Sache, zumal keine Gegenargumente kamen.

Später am Abend, nachdem ich mehrmals das Haus verlassen und wieder betreten hatte, öffnete ich die Haustür, um eine Katze einzulassen, und da sah ich sie: Vor meinen Füßen lag unsere Gurke, beziehungsweise lagen die zwei Teile unserer Gurke. Irgendwie wirkte sie wie geköpft – sagte ich, dass sie vorher ein wenig krumm war? Nun also lag sie in zwei Teilen vor unserer Tür und sofort assoziierte ich den Film „Der Pate“, nur dass ich nicht den Kopf des toten Pferdes im Bett, wohl aber die geköpfte Gurke vor der Haustür fand.

Das Grauen fasste mich an. Gedämpft rief ich nach dem Meinen, sagte etwas von „Gurke vor der Tür" und „in Teilen", vielleicht auch „zerhackt" …

Die Reaktion kam sofort. Ich hörte so etwas wie: „So ein Mist" oder schlimmer. Dann kam der Liebste angerannt, raffte die Gurkenstücke zusammen und wollte sich rasch mit ihnen ins Hausinnere begeben.

Aber da fragte ich nach!

Zu groß mein Schreck, zu stark mein Info-Bedarf. Wie kam die Gurke – noch dazu in Teilen – vor die Tür?

„Eigentlich wollte ich sie in die Garage bringen, aber dann kam etwas dazwischen und da steckte ich sie in den Halter der Lampe über der Haustür, wollte sie später wegräumen, muss ich aber vergessen haben. Und wenn du die Tür nicht so fest zugeschlagen hättest, wäre sie nicht runtergefallen!" Womit ich die Schuld hatte.

Nur - wer sucht schon nach irgendwelchem Gemüse, das abstürzen könnte, wenn er die Haustür schließt?

Nachtgedanken

Schwarze Nacht.

Ich liege wach, habe Einschlafschwierigkeiten, nicht zuletzt deswegen, weil neben mir der Liebste schnarcht. Laut und unregelmäßig wohlgemerkt, nicht leise und gleichmäßig, was ja vielleicht noch einschläfernd wirken könnte.

Unruhig werfe ich mich von einer Seite auf die andere. Ich will ihn nicht wecken, möchte seinen Schlaf hüten, andererseits kann ich nicht einschlafen und morgen wartet ein Arbeitstag. Entschlossen stupse ich ihn an, ein leicht aufgeschreckter Grunzer.

„Bitte", sage ich, „leg dich auf eine Seite, Schatz. Du schnarchst nämlich."

Eine kleine Pause, ein leichtes Rumoren im Bett neben mir.

Und dann seine Stimme, deutlichen Vorwurf enthaltend: „Deshalb muss man mich ja nicht gleich ins All schießen."

Ich bin schockiert!

Wie steht der Mann zu mir? Was ist das für eine Beziehung, in der man ins All katapultiert wird wegen Schnarchens?

Und überhaupt, wie leicht verliert mein Partner den Boden unter den Füßen, die Erdhaftung, die Sicherheit?

Bin ich keine Frau, die ihm Halt gibt?

Ist er vielleicht ein Leichtgewicht, fühlt sich zumindest wie eines? Wenn ja, in welcher Weise, auf welchem Gebiet? Wo liegen meine Verantwortlichkeiten?

Was hätte ich nie erfahren, wenn wir getrennte Schlafzimmer hätten?

Oder war einfach nur das Abendessen zu schwer?

Oder zu leicht?

Ich denke und denke und denke …

Und der Liebste, mittlerweile auf der Seite liegend, schnarcht schon lange nicht mehr.

Alte Geschichte

Es ist eine alte Geschichte: Das, was man sich - vielleicht brennend - wünscht, wird ziemlich schnell selbstverständlich, wenn man es hat, es besitzt, jederzeit sozusagen Zugriff darauf nehmen kann.

Den Zugriff kann man aber auch lassen, weil man ja das, was man sich wünschte, nun zeitlich unbegrenzt hat. Also muss man zum Beispiel mit diesem, das man sich gewünscht hat, nicht unbedingt ins Kino gehen oder in irgendwelche avantgardistische Theateraufführungen. Man kann sagen: „Schatz, geh mit deiner Freundin; trinkt hinterher noch ein Glas Wein, ich hole dich auch ab." Und ist damit richtig gut aus dem Schneider. Man verweigert ja nichts, steht noch großzügig und tolerant da, während man sich in Wirklichkeit einen netten ruhigen Abend allein in bequemer Bestuhlung und ohne Kleiderordnung, sprich: im Jogger, gönnen möchte.

Das funktioniert nur bedingt.

Beim ersten Mal wird das, was man sich wünschte, positiv überrascht reagieren, beim zweiten und - vielleicht - beim dritten Mal auch noch. Aber dann ist Schluss, dann wird das, was man sich - vielleicht brennend - gewünscht hat, das Gefühl bekommen, der Wünscher wolle sich in Wirklichkeit nur einen netten ruhigen Abend allein gönnen, der Ärger ist programmiert!

Kurz: Der Liebste ist abends sehr gern zu Hause.

Zu Anfang legte er sich echt ins Zeug, ging mit mir ins Kino, ins Theater, war überhaupt ziemlich rührig. Doch kaum hatte er mich in seinen Bau geschleppt, erlahmte er.

Ich war zuerst erstaunt, dann alarmiert. Es ist ein netter Bau, trotzdem will ich nicht immer in ihm hocken! Das versteht der Liebste.

Was er nicht versteht, ist, dass ich den Bau nicht gerne so oft ohne ihn verlasse. Er sieht mich keiner Gefahr ausgesetzt, solange ich von ihm abgeholt werde oder mit dem Taxi fahre – was also will ich?

Das kann ich ziemlich konkret formulieren: Ich will gelegentlich etwas *mit ihm* unternehmen! Ich will Partner sein, nicht nur Beute, obwohl Beute auch ganz nett ist.

Er hat Besserung gelobt.

Übrigens, den netten ruhigen Abend allein kann man jederzeit und garantiert ohne Stunk bekommen, man muss es nur sagen.

Die Sache mit dem Löwen

„Traurig ist es, wenn man das Vorhandne als fertig und abgeschlossen ansehen muß“ heißt es bei Goethe, von dem man weiß, dass er ein großer Sammler war. Immerhin hat er einen Teil seiner umfangreichen Sammlungen auch wissenschaftlich ausgewertet.

Die meisten seiner Geschlechtsgenossen tun das nicht, sammeln darum aber nicht weniger emsig. Frauen, die sammeln, sind dagegen absolute Minorität. Es würde zu weit führen, auch nur einen Bruchteil der Objekte, welche Männern sammelnswert erscheinen, hier aufzuzählen, muss auch nicht sein; Männer wissen sofort etliche zu nennen, Frauen ebenfalls, allerdings meist nur aus zweiter Hand, anschauungshalber sozusagen, dabei wollen wir nicht so platt werden, jetzt an die oft zitierte Briefmarkensammlung zu erinnern.

Wir halfen einer Freundin bei der Haushaltsauflösung ihres Vaters, der war wirklich ein großer Sammler vor dem Herrn gewesen. Vor nichts hatte er haltgemacht, wir schwankten zwischen Grauen und Faszination. Es gab Gläser und Eulen und Bilder und Bücher und Bierdosen (auch leere, vor allem leere), Weinflaschen und Schnapsflaschen (volle, vor allem volle), Ordner mit Zeitungsartikeln über mannigfache Themen, Karten, Uhren, Messer, Steine …

Er hat alles gesammelt, was ihm so unterkam.

Im Keller, zwischen einem - intakten - Harmonium und einer Sammlung von Fleischwölfen unter einem Seitengewehr stießen wir dann auf das Glanzstück, das heißt, der Liebste stieß mit unserer Freundin darauf und in seiner Begeisterung holte er mich, diese zu teilen. Ich tastete mich auf der steilen Kellertreppe nach unten, folgte dem Meinen um einige Ecken und stand unvermittelt Nase an Nase mit dem halbgeöffneten Raubtiergebiss eines gewaltigen Löwen.

Ich muss zugeben, ich erschrak. Allein die Tatsache, dass ich mich in einem normalen Keller und nicht in irgendwelchen Katakomben befand, hinderte mich, einen Schrei auszustoßen. Schaudernd wich ich zurück.

Ganz anders der Liebste.

Bis zu diesem Zeitpunkt hatte ich nicht gewusst, dass er auf präparierte Löwen steht. Das war nicht zu vermuten; einer, der jede noch so kleine Spinne oder Mücke oder Fruchtfliege lebendig in einem Glas nach draußen transportiert, so einer mag in der Regel keine Tierpräparate.

Dieser schon, jedenfalls was den Löwen betraf.

Es war ein weißer Löwe. Vielleicht war es auch ursprünglich ein normaler löwenfarbiger Löwe gewesen, der im wahrsten Sinne des Wortes verblichen war, wer weiß das schon. Bereits beim ersten Umbettungsversuch löste sich der Rumpf in Teilen vom Kopf und zerfiel zu Staub. Doch der Schädel, männlich umlockt, wenn auch etwas verfilzt, gleichwohl beeindruckend, beängstigend mit dem gefährlich aussehenden Gebiss, erwies sich als sehr stabil.

Und der Liebste wollte ihn haben, das war offensichtlich.

Ich konnte es nicht glauben. Entsprechend äußerte ich mich kurz und sachlich.

„Das kann doch nicht dein Ernst sein, dass du dieses Ding mitnehmen willst", sagte ich.

Er ruderte zurück. Nein, beteuerte er, natürlich nicht, nur, interessant sei so ein Teil schon. Nicht, dass er jemals einem lebendigen Löwen etwas zuleide tun könnte, aber dieser hier sei ja schon ziemlich lange tot, daran sei sowieso nichts mehr zu ändern und man könne ihn doch nicht einfach wegwerfen.

Unsere Freundin musste lachen, ich noch nicht. Ich meine mich zu erinnern, dass ich noch einige zweifelnde Worte fand, was den geistigen Zustand mancher Männer betraf, dann drehte ich mich um und ging wieder nach oben und dachte, die Sache mit dem Löwen sei erledigt.

Bis ich vor einer Woche seit Längerem wieder einmal das Auto aus der Garage holen wollte. Meist fährt der Liebste den Wagen raus, weil er Angst hat, ich könnte anecken. Nun war der Mann nicht da, ich betrat die Garage und da musste ich ihm ins Auge sehen. Von einem der Regale, die der Liebste zu Aufbewahrungszwecken von Werkzeug und ähnlich interessanten Sachen angebracht hat, blickte mich in Augenhöhe der Kopf des weißen Löwen an, sehr intensiv, etwas starr vielleicht.

Nach einer Weile fing ich mich und sprach ihn an. Wir hatten ein gutes Gespräch, redeten über das Leben und Sterben, über unsere Vorstellungen von Würde, Ethik …

Ich möchte ihn begraben!

Nach allem, was wir besprochen haben, ist das sein Wunsch. Er will wieder eins sein mit dem Universum, will – Erde zu Erde – zurückkehren in den ewigen Kreislauf und nicht in einer Garage verschimmeln oder so.

Das muss ich nur dem Liebsten noch beibringen.

Ich soll ihn grüßen, hat der weiße Löwe gesagt.

Eine neue Frisur

Mein Friseur ist eigentlich ein eher konservativer, zwar bekannt für seine guten Haarschnitte, aber nicht unbedingt als avantgardistisch, was ihn denn auch immer ein kleinwenig scheel auf einen solchen Salon in seiner Nähe blicken lässt. Selbst der Hinweis darauf, dass doch jeder seinen eigenen Kundenstamm habe, scheint ihm nicht wirklich gegen so ein nagendes Gefühl des „Das-kann-ich-auch" zu helfen.

Gestern war ein sonniger und windiger Tag. Ich betrat meinen bekannten Friseursalon, erfuhr die gewohnt freundliche Begrüßung, den Kaffee, die Haarwäsche vom Azubi. Dann kam - zum Schneiden und Föhnen - „mein" Friseur.

„Haben Sie", fragte er „einen besonderen Wunsch?" Ich habe einige besondere Wünsche, aber sie haben fast alle nichts mit meinem Friseur zu tun. Und die, welche vielleicht in seinem Kompetenzbereich liegen, sprengen - das weiß ich - den Rahmen seiner sicher erheblichen Fähigkeiten. Zum Beispiel wünsche ich mir dichte lange dunkle Locken - ziemlich schwierig bei hellem Schnittlauchhaar. Ich lächelte also nur und sagte: „Oh, ja, aber das wird schwierig."

Er begriff sofort - ein Grund, warum ich ihm treu bleibe.

„Wir machen einmal etwas ganz anderes", sagte er. „Sind Sie einverstanden?"

Mit den Flusen auf meinem Kopf „etwas ganz anderes" machen zu wollen, ist eine Herausforderung des Schicksals. Neugierig geworden stimmte ich sofort zu.

Präziserweise muss ich sagen, dass sich die Vorschläge meines Friseurs durchaus im Rahmen des Konservativmöglichen bewegten: oben alles ziemlich kurz und hinten alles etwas länger, dabei das Ganze nach hinten geföhnt mit Schwerpunkt hinten unten.

Ich willigte ein. Ein wenig störend empfand ich den Einwand des Azubi: „Wird sie damit fertig?" Danach fühlte ich mich irgendwie alt. Kann sie sich noch allein anziehen? Auch die Gummistrümpfe?

Davon bemerkte mein Friseur nichts. Er schnitt und schnitt und föhnte und arbeitete und ich muss sagen, das Ergebnis gefiel mir im Spiegel.

Als ich hinaustrat in den niedersächsischen Wind, erfasste mich eine Böe, aber sie konnte mir nichts anhaben. Und da fiel mir ein, wie meine Mutter diese „brandneue" Frisur genannt hatte:

„Windstoßfrisur".

Powackeln

Sophie ist sehr, sehr niedlich.

Donnerstags gehen der Liebste und ich als Oma und Opa verkleidet mit ihr zum Turnen und erleben staunend eine Junge-Eltern-Welt, wie wir sie nie erlebt haben, die wir aber in großen Teilen richtig schön finden.

Sophie hopst über Matten, balanciert auf Schwebebalken, schwingt selig - und immer viel zu kurze Zeit, weil andere auch noch wollen - an Ringen, überschlägt sich am Reck und rennt durch die Halle, gelegentlich verfolgt von der Oma, die es genießt, in Turnschuhen zu laufen, federnd, nahezu mühelos und ohne dass jemand ihr hinterher jagt. Ganz am Schluss der Stunde formiert sich ein Kreis aus Erwachsenen und Kindern, alle werden eingefangen, an die Hand genommen und dann wird gesungen - lustige Lieder, zu denen sich entsprechend bewegt werden soll.

Der Liebste mag das, ich sehe es ihm an. Ich weiß ja, er bewegt sich gern, ist schlank und fit.

Im Schlusskreis hält er Sophie an der Hand, ich habe zwei versprengte Zwerge eingesammelt, deren Eltern wohl mal nach draußen gegangen sind, und nun singen alle ein lustiges Lied, bei dem man sich jeweils zum Text zu bewegen hat:

„… und wir klatschen in die Hände und wir wackeln mit dem Po …“

Wir singen, klatschen und wackeln.

Bei „und wir wackeln mit dem Po" ertönt plötzlich ein Knall wie ein scharfer Peitschenhieb; niemand verzieht eine Miene, also geht alles weiter, als sei nichts gewesen - im Nachhinein frage ich mich, was wir alle uns wohl gedacht haben, was das für ein Laut gewesen sein könnte.

Beim Hinausgehen fällt mir der Gang des Liebsten auf - irgendwie mühsam, schleppend …

Am nächsten Tag jage ich ihn zum Arzt und - siehe da:

Er hat zu heftig mit dem Po gewackelt. Dabei ist eine Sehne über einen Knochen geschnellt und hat dabei ein Blutgefäß durchtrennt - das war der Knall.

Der Mann bekommt einen Bluterguss im Beckenbereich, wie ich ihn noch nie gesehen habe.

Nur schade, dass er ihn an der Stelle niemandem außer der engeren Familie zeigen kann. Aber wenigstens die ist mächtig beeindruckt.

Onkel Hans und Zinédine Zidane

Mein Onkel Hans war westfälisches Urgestein, fest im Glauben und im Trinken, erdverbunden, in Teilen gutmütig und konservativ bis in die Knochen. Er war nicht sehr beredt, fast ein wenig schweigsam; das Reden überließ er seiner Frau Hedwig. Von Gestalt eher untersetzt, vermittelte er doch den Eindruck geballter, aber gebändigter Kraft. Er besaß einen gewissen Sinn für Humor, war vielleicht ein kleines bisschen stur und - man muss es sagen - er hatte ein ausgeprägtes Ehrgefühl.

Onkel Hans hatte eingeheiratet in unsere erzkatholische Sippe. Er passte sich gut ein, jeder passte sich gut ein, dafür sorgte seine Schwiegermutter, meine Oma, die winzig, aufrecht und gottesfürchtig das Sagen in der Familie hatte.

Am Sonntagvormittag ging Onkel Hans in die Kirche zum Hochamt, während Hedwig, die bereits in der Frühmesse gewesen war, daheim das Essen zubereitete. In jenen Jahren, den Fünfzigern und Sechzigern des vergangenen Jahrhunderts, waren die Kirchen am Sonntag rappelvoll. Männer und Frauen saßen streng getrennt diesseits und jenseits des Mittelgangs und hinten im Eingangsbereich standen all jene, die keinen Sitzplatz gefunden hatten oder keinen Wert auf einen solchen legten, weil man von hier aus ja auch schneller und unauffälliger wieder verschwinden konnte - gegenüber in der Gaststätte konnte ein angenehmer kleiner Frühschoppen eingenommen werden.

Onkel Hans war keiner, der sich vordrängte. Er stand, tadellos gewandet in gutem Anzug und Krawatte, wie eine katholische Eiche eingezwängt in der Menge im Eingangsbereich des Kirchenschiffs, bereit, Wort und Handlung feierlich über sich ergehen zu lassen. Und irgendwann geschah es, dass er jemandem Platz machen wollte; er trat zurück und dabei unabsichtlich seinem Hintermann auf den Fuß. Höflich drehte Onkel Hans sich um und bat um Entschuldigung.

Aber entweder war der Tritt zu schmerzhaft gewesen oder der Getretene über die Maßen unzivilisiert oder vielleicht war er auch einfach nur auf Stunk aus, jedenfalls erhielt mein Onkel Hans auf seine freundlichen Worte die absolut rüpelhafte Antwort, er solle nur warten, bis die Messe vorbei sei, was ja eine unverhüllte Drohung war.

In Onkel Hans wallte heiliger Zorn auf. Hier im Angesicht Gottes hatte er um Entschuldigung gebeten für sein Missgeschick und anstatt seiner Bitte angemessen nachzukommen, hatte man ihn beleidigt, bedroht noch dazu …

Kurz, Onkel Hans sagte laut, da brauche man nicht zu warten, bis die Messe vorbei sei, und schlug zu. Der überraschte Kontrahent segelte aus dem Stand in den Mittelgang Richtung Altar und ging dort zu Boden, während Onkel Hans aufgewühlt, aber ungebrochen die Kirche verließ – für die sakrale Umgebung hatte er keinen Blick mehr.

Und hier kommt die Verbindung zu Zinédine Zidane.

Der Skandal um meinen Onkel Hans stand nämlich dem um Zidane nicht in Vielem nach; regional jedenfalls schlugen die Wellen hoch und besonders seine (Onkel Hans`) Schwiegermutter regte sich tierisch auf. Ich weiß nicht, ob Zidane eine Schwiegermutter hat, die ihm nach dem Kopfstoß beim Finale der Weltmeisterschaft 2006 die Hölle heißgemacht hat, aber die Motivation von Onkel Hans und Zidane war sicher ähnlich: Beide konnten nicht mit der Beleidigung leben, beiden stand ihre Ehre höher als der Ablauf einer mehr oder weniger sakralen Handlung, an welcher sie just im Moment des Geschehens teilnahmen.

Irgendwie denke ich, Onkel Hans und Zinédine Zidane hätten sich gemocht.

Beifahrerleben

Beifahrer sein ist ein schweres Los. Besonders für jemanden, der jahrzehntelang selbst gefahren ist und eigentlich besser Auto fahren kann als laufen.

Ich war Auto-mäßig eine autarke Frau. Dann lernte ich den Liebsten kennen, einen ebenso autarken Mann, der noch dazu in früheren Zeiten im Nebenjob Taxifahrer war - keine gute Konstellation, denn ab sofort war ich Beifahrer. Das kann die Hölle sein.

Nicht, dass ich der Typ wäre, der bei jeder Ampel „die ist rot" kreischt, aber ich fahre mit, ich kann gar nicht anders, man wird ja noch gelegentlich „pass auf" sagen dürfen. Schließlich kann man Jahrzehnte eigenständigen Autofahrens nicht einfach ablegen.

Nur hat man als Beifahrer eine andere Sicht der Dinge, einfach deswegen, weil man *neben* dem Fahrer sitzt. Zudem hat man kein Bremspedal - zum Glück, sagt der Liebste, der zwar in vielen Bereichen auf einer Wellenlänge mit mir lebt und agiert, aber doch manchmal anders reagiert, als ich es tun würde in vergleichbarer Situation. Im Auto macht mich das verrückt.

Darum gerät bei uns das Autofahren gelegentlich zur Zerreißprobe, belastet unser Verhältnis zueinander und lässt uns um Jahre altern, kostet uns Lebenszeit sozusagen.

Kürzlich sagte das Enkelkind Sophie, sorgsam in seinem Sitz fixiert: „Wenn wir zusammen fahren, fährt immer der Opa, nich?“

Da hätte sich meine Bitterkeit fast Bahn gebrochen, aber ich riss mich zusammen.

„Weißt du“, sagte ich, „den Opa macht es ganz nervös, wenn jemand anderer fährt. Darum lasse ich ihn fahren. Das ist besser für uns alle.“

Das verstand sie entweder oder akzeptierte es zumindest.

Und warum wir nicht abwechselnd fahren, ganz selbstverständlich wie viele andere, die Tochter und ihr Mann beispielsweise, ohne dass einer von beiden ausrastet?

Weil der Liebste ein noch miserabligerer Beifahrer ist als ich!

Doch, das gibt es!

Die Sache mit dem Knie

Ich habe eine Weiße-Kittel-Phobie, soviel muss ich vorausschicken. Und auch, dass ich niemandem auf die Füße treten möchte; ich kenne einige Ärzte, die ich sehr schätze, fachlich sowohl als auch privat.

Wenn ich überlege, wo die Ursachen dieser Phobie liegen könnten, fällt mir der erste Zahnarzt meines Lebens ein: Ich habe ihn gebissen, woraufhin er mich unfairerweise mit Äther außer Gefecht setzte. Zweifellos war das ein traumatisches Erlebnis, für mich jedenfalls – ich sauste mitsamt dem Behandlungsstuhl ins All, fühlte mich grauenhaft und musste mich anschließend übergeben. Es dauerte sehr viele Jahre, bis ich durch Zufall, durch Empfehlung, eine Zahnärztin fand, bei der ich nicht den Wunsch empfinde, sie zu beißen.

Halten wir also einfach fest: Ich habe diese Phobie, halte mich folglich soweit wie irgend möglich von Arztpraxen fern. Selbstverständlich gibt es unumgängliche Arztbesuche, aber ohne zwingende Vernunft- oder Schmerzgründe begebe ich mich nicht in die Hände von Medizinern, zumal mir meine körperliche Unversehrtheit wichtig ist.

Nun gibt es da einen Pferdefuß: Ich bin nicht mehr ganz neu. Und mit den Jahren kommen die kleineren und größeren Beschwerden, hier ein Zipperlein, dort ein ziemlich massiver Schmerz … Es sei gesagt: Ich habe ein schlimmes Knie, das ist schmerzhaft und lästig und manchmal hinderlich. Ich bin diesem Knie bereits ganz schön entgegengekommen, habe es beachtet, manchmal geschont und letzthin sogar röntgen lassen, wobei eine Arthrose entdeckt wurde. Für mich war die Sache damit erledigt, nicht so für den Arzt. Er meinte, ich müsse unbedingt noch zur Kernspintomographie, damit man genau sehen könne, wieweit mein Knie denn nun geschädigt sei, und er schrieb mir sofort eine Überweisung aus.

Ich gebe zu, dass ich bereits mit gemischten Gefühlen den Termin festmachte, aber ich wollte auch nicht unhöflich sein, nicht feige erscheinen, was auch immer.

Jedenfalls fand ich mich zur vereinbarten Zeit dort ein, wo die Untersuchung durchgeführt werden sollte. Ich musste kurz warten und wurde dann in einen Raum gebeten, wo eine große Röhre zur Aufnahme eines menschlichen Körpers bereitstand, ich vermutete mal, des meinen.

Das musste ich klären. Also fragte ich eine der umherschwirrenden jungen Damen, wie genau das Prozedere sei, ich sei lediglich wegen meines Knies da.

Freundlich erklärte sie mir, dass meine ganze Person in diese Röhre gesteckt würde, in welcher ich dann, eingeschlossen und reglos wie in einem Sarg, scheibchenweise photographisch erfasst würde. Das mit dem Sarg sagte sie nicht wörtlich, aber der Kontext ließ keine andere Deutung zu.

„Das mache ich nicht“, sagte ich entschieden und schlagartig wurde es still. Alle Weißkittel erstarrten in der Bewegung, sahen mich an wie Großechsen vor dem Zupacken. Dann lösten sich drei Leute aus der Starre, zwei Männer und eine Frau, und kamen zu mir. Ich trat einen Schritt zurück, fühlte mich irgendwie leicht bedroht. Alle drei redeten nun auf mich ein, versuchten mir den Aufenthalt in dieser Röhre erstrebenswert erscheinen zu lassen, aber ich hatte mich ja bereits dagegen entschieden.

„Ich werde mich da nicht hineinlegen", sagte ich abschließend und bat um meine Unterlagen, um gehen zu können.

Inzwischen hatten sie mich eingekreist und jemand sagte, die Psychologin käme gleich.

Ob ich ein Beruhigungsmittel haben wolle, fragte eine der Weißkittelfrauen. Ich sagte, das wolle ich auf keinen Fall, dann sei ich ja nicht mehr Herr meiner Sinne. Ich sei nicht aufgeregt, nur entschlossen zu gehen.

Die Psychologin erschien, bat mich beiseite, drückte schon durch Körperhaltung Autorität aus, sprach ruhig, aber bestimmt auf mich ein. Ich ließ sie eine Weile reden. Dann bat ich, sie möge es nicht persönlich nehmen, ihre Argumente seien wahrscheinlich gut, aber wenn ich etwas partout nicht wolle, könne man mich nicht überzeugen und ich würde jetzt gehen. Dabei bewegte ich mich langsam Richtung Ausgang.

Ihre Züge wurden schlagartig hart. „Um diese Untersuchung kommen Sie sowieso nicht herum", zischte sie. Ich lächelte sie an.

„Mag sein", sagte ich. „Aber hierher komme ich dann nicht."

Dann ging ich, ließ mir am Empfang meine Unterlagen wiedergeben und trat auf die Straße.

Mein Knie tat überhaupt nicht weh.

Tupperware

Die Einladung lag in meinem Briefkasten, ich mochte nicht absagen, war auch ein wenig neugierig, das muss ich zugeben.

Es war meine erste Tupper-Party seit Jahren. Ich kam eine Dreiviertelstunde zu spät, hatte aber nicht viel verpasst. Die „Präsentation" war noch nicht beendet, etwa zwölf Frauen saßen im Wohnzimmer der Gastgeberin, jede das Klemmbrett mit dem Bestellbogen auf den Knien balancierend, vor sich ein Getränk, und alle lauschten den Ausführungen der Dame, die die Tupper-Produkte erklärte, empfahl, ans Herz legte, indem sie aus ihrem persönlichen Erfahrungsbereich plauderte, somit die anwesenden Damen in ihrem sozialen Kontext ansprach oder ansprechen wollte – Mann, Kinder, Küche – und es klappte!!

Ich hätte es nicht geglaubt, wenn mir jemand erzählt hätte, dass diese Veranstaltungen noch nach genau denselben Regeln ablaufen wie vor Jahrzehnten, aber es ist so. Da wird ein Frauenbild zementiert, bei dessen Anblick Eva Herman vor Freude weinen würde, ich konnte es nicht fassen! Das Heimchen am Herd, das Mann und Kindern die Fressalien für den Tag bzw. den Vormittag in Tupper-Dosen oder Tupper-Schalen mit neckischen Namen einpackt, darin wohl seinen Lebenssinn sieht, sich gut fühlt, weil für Frische sorgend, für ausreichende Vitaminzufuhr …

Ich habe nichts gegen Frische, nichts gegen Vitaminzufuhr. Und ich bin der Meinung, dass Kinder – und auch Erwachsene – nicht ohne ordentliches Frühstück aus dem Haus gehen sollten und ein gesundes Pausenbrot dabei haben müssten.

Außerdem finde ich die Produkte dieser Firma gut. Sie sind praktisch, nicht unästhetisch, haltbar, kurz: brauchbar. Sie eignen sich vorzüglich als Transportmittel für Pausenbrote und Obst, ganz zu schweigen von den Einfrier- und Aufbewahrungsbehältern.

Aber sie werden benutzt, um ein Bild zu festigen, das sich überlebt hat, nämlich das Weibchen, das zurückbleibt und den Dreck wegräumt, alles säuberlich in irgendwelchen Behältnissen unterbringt und dann über die nächste Mahlzeit nachdenkt, wenn die anderen das Heim verlassen, um zu lernen oder einem Broterwerb nachzugehen.

Selbstverständlich ist es jedem unbenommen, diese Art Leben als für sich erstrebenswert zu sehen. Aber wer das nicht möchte, sollte sich nicht schlecht fühlen müssen, weil die Radieschen nicht in Form von Rosenblüten geschnitten auf den Tisch kommen.

Warum habe ich erwartet eine Frau anzutreffen, die sagt: „Wir alle nehmen unsere Pausenbrote in Tupperware mit"?

Vielleicht, weil ich gedacht habe, die Zeiten ändern sich und die Menschen sich mit ihnen?

Vielleicht, weil ich gehofft habe, die jüngeren Frauen würden heute sagen, ja hallo, das lassen wir mit uns nicht mehr machen? Wir arbeiten und lernen genauso wie die übrigen Mitglieder unserer Familie – also ist Teamarbeit angesagt?

Vielleicht.

Wenigstens meine Tochter hatte belustigt gelacht, als ich ihr erzählte, ich ginge zu einer Tupper-Party.

Und dann bat sie mich, eine Backunterlage zu bestellen, und gab mir zwei defekte Deckel zur Reklamation mit.

Was anderes

Ich sage es einfach mal: Ich mag keine Handarbeit.

Wem dieser Ausdruck fremd scheinen mag, sei erklärt: Handarbeit hieß früher das Schulfach, in welchem Mädchen unterrichtet wurden in solchen Fertigkeiten wie flicken, nähen, häkeln, sticken, stricken und stopfen - nicht die Jungs, die hatten während der Handarbeitsstunden Turnen, durften auf dem Schulhof laut herumtoben, während die Mädchen still in der Klasse mit schwitzigen Fingern mit irgendwelchen Nadeln kämpften - ich hasste es bald.

Zu Anfang war Handarbeit kein Horrorfach für mich. Ich liebte mein rundes Handarbeitskörbchen und die wunderschönen Farben der Perlgarnzöpfe für die Stickerei waren mir ebenso ästhetischer Genuss wie die der glänzenden Baumwollknäuel zum Stricken und Häkeln.

Gelegentlich brachte ich auch recht nette Sachen zustande: Ein besticktes Nadelbuch aus Stramin mit Nesselfutter habe ich heute noch - sehr geschont, ging es nie verloren. Und mein rosafarbener schaumgummigefüllter Strickteddybär war wunderschön, seine gestickte Schnauze anbetungswürdig, obwohl ich nur ein Ausreichend für ihn bekam, aber das geschah, weil die Lehrerin mir nicht glaubte, dass ich ihn selbst und allein gemacht hatte, was jedoch der Wahrheit entsprach – ich kannte niemanden, der mir bei so etwas hätte helfen können. Aber sie glaubte mir nicht, traute mir nichts mehr zu, weil ich keinen Topflappen zustande gebracht hatte.

Denn beim Häkeln rautenförmiger Topflappen stieß ich an meine Grenzen. Nie brachte ich einen zu Ende, wobei ich heute geneigt bin zu glauben, meiner damaligen Lehrerin habe es an pädagogischer Befähigung gemangelt, so schwer kann das doch nicht gewesen sein.

Wie auch immer, ich habe jedenfalls nie wieder einen Versuch in Richtung Topflappen unternommen, nicht nur, weil ich entmutigt war, vielmehr war und bin ich desinteressiert an der Herstellung von Topflappen - es blieb so ein kleines nagendes Gefühl, versagt zu haben. Aber dieses Gefühl war nie stark genug, mich zu einem Neuanfang mit Topflappen zu animieren.

Und später im Gymnasium war da noch diese Geschichte mit den Socken.

Ehrlich, anders als bei den Topflappen hatte ich Lust Socken zu stricken. Ich hatte auch Wolle, die mir gefiel, irgendetwas mit lila und steinbraun.

Beherzt nahm ich die Sache in Angriff, kämpfte mich mit dem Nadelspiel aus vier (fünf?) Nadeln über das Bündchen in Richtung Ferse.

Und dort nun geschah es endgültig: Die Ferse wurde mein Waterloo!

Ich kriegte sie nicht hin! Basta!

Sechs Mal wanderte ich zum Katheder, zu der lieben, schon älteren Lehrerin, die mir geduldig, aber immer gleich, das Geheimnis der gestrickten Ferse erklärte. Ich kapierte nichts!

Als ich dann zum siebten Mal, bereits ziemlich mutlos, mit meinem zerrupften Machwerk vor ihr stand, sagte diese alte Lehrerin den Schlüsselsatz meines Lebens. Ich sehe sie noch vor mir, die etwas verwässerten, aber sehr freundlichen Augen müde auf meine „Handarbeit“ gerichtet –

„Mach was anderes, Kind“, sagte sie.

Ich habe mir das zu Herzen genommen. Und bin ihr heute dankbar dafür.

Übrigens hat sie mir die Ferse gestrickt.

Pfeilschnell.

Die Sache mit dem Hund

Ich wollte meinem Liebsten, einem in der Wolle gefärbten Hannoveraner, das Land meiner Kindheit nahebringen, also fuhren wir letzten Sommer für ein paar Tage ins Ruhrgebiet, nach Essen, um genauer zu sein.

Der Anblick der ersten Hochöfen rührte mich an wie die Schneegipfel der Schweizer Alpen das Heidi; ich wollte so gern, dass alles schön würde, dass sich „mein Pott" von seiner hübschesten Seite zeigte. Tagelang schleppte ich den Mann durch die Stadt, präsentierte die Orte meiner Kindheit: Schulen, Kirchen und Wege, soweit noch vorhanden, das Schloss Borbeck mit seinem schönen Schlosspark, wo ich einen Großteil meiner Kindheit verspielte, das Essener Münster, in das ich zur Schulmesse gehen sollte, aber nicht immer ging, stattdessen gelegentlich mit Freundinnen bei Toscani Eis aß, das Premierenkino Lichtburg, wo ich mit meinen Eltern den Film über Stalingrad „Hunde, wollt ihr ewig leben" und mit meinem ersten Freund James-Bond-Filme sah, die Gruga, den Stadtwald und und und …

Schließlich unternahmen wir eine Schifffahrt auf dem Baldeneysee – traumhafte Landschaft, wo mein hannöverscher Begleiter graue Halden erwartet hatte – er war mehr als erstaunt, er war beeindruckt, und das bedeutet viel bei einem Niedersachsen.

Das Wetter war wunderschön, außerdem Wochenende. Wir dösten friedlich im Sonnenschein an Bord des Dampfers - war es ein Dampfer oder ist das jetzt Nostalgie? Auf jeden Fall war es ein weißes Schiff mit vielen Bänken. Es fuhr den ganzen See ab, legte immer wieder an, Menschen kamen an Bord, andere verließen das Schiff - alles war sehr belebt, kein Wunder bei dem Wetter.

Und plötzlich ein erstaunter Ausruf auf unserem Deck: „Ja, wat is dat denn? Getz kuck dir den an. Gott, is der niedlich und wie der kuckt. Mensch, wo sind denn deine Leute? Sach bloß, die ham dich vergessen."

Unter einer der Holzbänke saß, ziemlich verschüchtert dreinblickend, ein offensichtlich herren- und damenloser Dackel, Halsband und Leine wiesen ihn aber als irgendwo zugehörig aus.

Im Nu bildete sich eine mitleidvolle Freiwilligenarmee, die ihn streichelte, ihn ohne wirkliche Hoffnung auf Antwort, aber freundlich und ausdauernd, befragte. Da man ihm keine ordentliche Auskunft entlocken konnte, begnügte man sich damit, ihm das eine oder andere Häppchen zuzustecken, was er auch dankbar entgegennahm.

Überhaupt wirkte er irgendwie vertrauensvoll und ruhig, umweht nur von einem leisen Hauch von Tragik, wie er denen, die heimatlos sind, nun einmal anhaftet. Eine ältere Dame nahm schließlich die Sache fest in die Hand und den Dackel auf den Schoß und bemühte sich unter den kritischen Blicken und

Äußerungen der Mitpassagiere, die Situation in den Griff zu bekommen.

Wir näherten uns dem nächsten Landungssteg und da standen sie schon: aufgeregt fuchtelnd, rufend, eine Gruppe von älteren und jüngeren Leuten – offensichtlich die Familie des vergessenen Dackels. So war es auch. Alle waren erleichtert, der Dackel sicher am meisten, nur die Dame, die ihn kurzzeitig hatte betreuen dürfen, freute sich zwar verbal, wirkte aber ein wenig leer.

Mein Niedersachse und ich sahen uns an und lachten. Wir stellten uns die Situation daheim auf dem Maschsee vor: Alles wäre etwas distanzierter abgelaufen, obwohl das Ergebnis, rein sachlich gesehen, wahrscheinlich dasselbe gewesen wäre.

Ich glaube, es war diese Sache mit dem Hund, die meinem Liebsten den Blick für den Ruhrpott öffnete – der Dackel und ich …

Der Wegweiserengel

Sprache ist Ausdrucksmittel, Ordnungsprinzip und Orientierungshilfe, in erster Linie jedoch sozial gerichtet, ist Mittel zum Zweck der Kommunikation. Das heißt, man muss, um sich zu verständigen, eine gemeinsame Sprache haben und das ist schon in Deutschland nicht immer selbstverständlich.

Ich bin im Ruhrgebiet mit seinem unverwechselbaren Idiom aufgewachsen, allerdings in einer Familie, in der ziemlich hochdeutsch gesprochen wurde. Eine meiner besten Freundinnen stammte aus Süddeutschland. Wir verstanden uns wunderbar, auch sprachlich, aber das nur, weil sie praktisch zweisprachig lebte, das heißt, sobald sie mit ihrer Mutter, einer Schwäbin reinsten Wassers, sprach, war ich raus: Ich verstand so gut wie nichts mehr und wenn die Mutter mich auch noch direkt ansprach, geriet ich echt in Stress.

Jahre später wurde es dann wirklich anstrengend, als es mich selbst nach Süddeutschland verschlug; plötzlich befand ich mich sprachlich in der Diaspora und mein Alltag gestaltete sich auf einmal extrem schwierig. Kurz: Bei einem Integrationstest wäre ich glatt durchgefallen und sofort Richtung Norden abgeschoben worden. Irgendwann bot sich mir schließlich eine Chance, wieder umzusiedeln – ich griff zu.

Ich fuhr für einige Tage gen Norden und suchte in Hannover und Umgebung ein neues Zuhause, wurde auch sehr schnell fündig, wollte noch ein zweites Mal hin zwecks Abmessungen etc. und hatte mich verfahren, saß irgendwo am Rande von Hannover hilflos im Auto, auch kartenmäßig schien mir alles etwas wirr. Da erschien auf ansonsten verlassener Straße ein einzelner Fußgänger, ein vom Himmel gesandter Wegweiserengel sozusagen.

Als er auf meiner Höhe war, rief ich ihn aus dem Autofenster an. Der Engel drehte sich freundlich zu mir um und das brachte ihn beinahe zu Fall - er war leider ziemlich besoffen, „voll breit", wie die Hannoveraner diesen Zustand nennen. Ich fragte ihn trotzdem nach dem Weg, weil ich ihn nun einmal angesprochen hatte.

Und nun geschah das eigentliche Wunder: Der besoffene Engel machte den Mund auf und erklärte mir in leicht verwaschenem, aber wunderschönem Hochdeutsch den Weg zu meinem neuen Domizil.

Ich war beeindruckt. Und sagte mir, in einer Stadt, in der so etwas möglich ist, muss es sich einfach gut leben lassen.

Stimmt ja auch!

Edition Noëma
Melchiorstr. 15
D-70439 Stuttgart

info@edition-noema.de
www.edition-noema.de
www.autorenbetreuung.de

Zeitfracht Medien GmbH
Ferdinand-Jühlke-Straße 7
99095 Erfurt, Deutschland
produktsicherheit@kolibri360.de